Yui & Okita
「チェックインで幕はあがる」

「俺のものになれよ、花岡」
「……沖田」
腰を強く引き寄せられ、無防備な喉元をさらす唯に
沖田が顔を近づけてくる。
抗いたい気分と流れに任せてしまいたい気分とを天秤にかけて、
釣り合いを取ろうとしても不可能だ。（本文P.196より）

チェックインで幕はあがる

秀 香穂里

キャラ文庫

この作品はフィクションです。
実在の人物・団体・事件などにはいっさい関係ありません。

目次

口絵・本文イラスト／高久尚子

五月初旬の穏やかな陽射しが、海全体をきらめかせている。停泊中の観光船からひとびとが笑顔で下りてくる光景を、花岡唯《はなおかゆい》は分厚い窓ガラス越しに眺めていた。

少し眠たくなるような色合いの青空に、ふんわりした白い雲。白い波しぶき、白いカモメ。どれも横浜《よこはま》という港町に欠かせないものばかりだが、たいして興味をそそられるものではない。

ホテルのロビー全体が見渡せるラウンジは、ほどよい数の客で埋められている。春から始まったケーキバイキングが人気を呼んでいることは、唯も週刊誌を読んで知っていた。

仕事の打ち合わせをこなすサラリーマンに混じって、若い女性の姿も目立つ。

「やっぱりここから見る景色がいちばん綺麗。山下公園《やましたこうえん》のほうまで見えるもん」

「夜だともっと綺麗なんだよね。私ね、先月来たときにも窓際の席に案内してもらったの。このラウンジって結構いい値段してるけど、サービスもいいし、眺めもいいし」

「場所代ってことで許しちゃえ」

すぐそばから聞こえてくる屈託ない笑い声に、唯は微笑《ほほえ》んだ。

彼女たちの言うとおり、ここで出される飲み物はそこらの喫茶店よりもずっと高めだ。

もちろん、それに見合うサービスと景色が提供されているのだから、こうして平日の昼でもそれなりの客を集めている。

「お待たせしました。ダージリンティーをお持ちいたしました」

丁寧な物腰で近づいてきたウエイトレスが、きりっとした青が美しいウェッジウッドのティーセットを置き、紅茶を一杯そそいでから立ち去っていく。

カップから立ち上る湯気を吸い込み、唯は眉をはね上げた。

紅茶特有の香りが損なわれている。きっと、湯の温度が低いのだろう。

「……旨《うま》い紅茶を飲ませてくれるって書いてあったから期待してたんだけどな」

ひとり呟《つぶや》き、肩をすくめてあたりを見回す。

誰もこの味に文句を言わないのだろうか。繊細な茶葉は熱湯で蒸らすことにより花のような香りが楽しめるのだが、ここでは湯の温度を徹底していないらしい。

格のあるホテルなのに奇妙だなと思った。ウエイトレスの態度はハイクラスホテルらしく丁重なものなのに、味がそぐわないのはどういうことなのだろう。

広々としたロビーに視線を移すと、微笑を浮かべたホテルスタッフたちが客を迎えているのが見える。スタッフの対応は申し分なし。だが、味にはこだわっていない。となれば、表面からは窺《うかが》えないところで問題を抱えているのだろうか。

つい詮索《せんさく》してしまうのは、フリーライターという職業ならではの癖だ。言うまでもなく、こここはある目的で取材にやってきた。

　横浜の湾岸地域に建ち並ぶ幾多のホテルのなかでも、この『クラヴィア横浜』はとくに名を知られている。横浜観光を目的とした者をはじめ、隣接するコンベンションセンターで開かれる多種多様な会議に集うビジネスマンたちが利用する、都市型ホテルだ。

　視線を落とせば、ジャケットの袖口からちらりと見える腕時計は午後二時十五分を指している。着慣れないスーツに、肩がこってしょうがない。久しぶりにかけた眼鏡《めがね》も、鬱陶《うっとう》しい気分に拍車をかける。細いメタルフレームの外側と内側とでは、見える景色にぶれが生じるのだ。

　眼鏡を押し上げ、もう一口飲んだ紅茶に顔をしかめていると、ふと声がかかった。

「その紅茶は口に合いませんか」

　驚いて振り向いてみれば、隣席の男が笑いかけている。

　誰か別の人間に向けた言葉かと思ったが、ボックス間にゆとりを取ったラウンジで、彼は間違いなくこの自分に話しかけているらしい。

「まずくはありませんが、香りが少し飛んでいます」

「そうですか」

　彼のテーブルにも、運ばれてきたばかりのティーセットが置かれている。それと、新聞紙も。

　手にしたカップを揺らし、香りを確かめた男が、「なるほど」と呟く。

「紅茶に詳しいようですね」

「ええ、まあ。好きなほうです」

見ず知らずの人間が話しかけてくることに不審感を抱くよりも先に、唯はちらりと視線を動かす。無駄な考えに囚《とら》われるより先に、視覚的に得られる情報に集中するのは反射的なものだ。それと、耳に入ってくる音にも。

いい声をしている、というのが最初の印象だ。

ラウンジに流れるピアノ曲にかき消されない男の声は、日常的に他人に話しかけることに慣れているうえ、自信に満ちた低い響きを持っていた。

身なりといえば、非の打ち所がない。複雑な色味が目を惹《ひ》く深緋《ふかひ》色のシングルスーツに控えめなベージュのネクタイは、素材も仕立ても超一級だ。

ざっと検分し終え、最後に、ジャケットの襟元のピンホールに目を留めた。いつもなら社章でもつけているのだろうその場所に、いまはなにもない。

若々しく見えるが、二十九の自分よりも四、五歳上だろうか。役職としてはかなり高い地位にいるはずだ。堂々とした体躯《たいく》に見合った態度はもちろんのこと、男の顔に浮かぶ微笑には品格があった。

どこかのエリートサラリーマンが商談にでも立ち寄ったのだろうか。そう考え、唯は男の顔を見る。彼のほうもずっとこちらを見ていたらしい。口元に軽い笑みが刻まれている。

「ここにはよくいらっしゃるんですか？」

「いいえ、今日が初めてです」

「仕事ですか」

ええ、そんなところですと答えるあいだも、じっと視線がそそがれているのを感じて、まばたきを繰り返す。

そっちが目をそらすまで見続けてやる。

どんな場においても動じないふてぶてしさは生まれつきだし、縁もゆかりもない人間に興味を抱くのは、これはもう本能としか言いようがない。

彼の目に、自分という男はどんなふうに映っているのだろう。

ラフな格好をしている普段とは違い、怪しまれないようにきちんとしてきたつもりだ。シャツもネクタイもおろしたて、スーツは自分にいちばん似合うダークグレイを選んできた。顔といえば美形とはほど遠いが、細かい気質を窺わせる鋭い目元になびく女は多く、周囲にもずいぶんやっかまれたり羨《うらや》ましがられてきた。

だが、唯にとっては自分の造作などどうでもよかった。顔で仕事ができるわけでなし。逆に今回のような潜入取材の場において、視線の鋭さは命取りになる恐れがある。誰だって、じろじろと見られれば不審に思うはずだ。

　それをカバーするためにわざわざ眼鏡をかけてきたのに、習慣とは恐ろしい。いましがた無遠慮に目の前の男を眺め回してしまったことに気づき、唯は軽く咳払《せきばら》いした。

　彼の言うとおり、ここには仕事で来た。ただし、目的は極秘。フリーライターという本来の立場を偽り、このホテルと、ある人物を極秘裏に調べ上げるという唯の真の狙《ねら》いを知っているのは、ここに手引きしてくれた人物のみだ。

　窺うような視線をさらりと受け流して紅茶を飲む男は、「あなたのおっしゃるとおりだ。湯の温度が低いようですね」と頷《うなず》く。それから唐突に言った。

「眼鏡をかけ慣れていないようですね」

「はあ?」

　妙なことを言われ、つい間抜けな声が出てしまった。

「何度もかけ直しているようなので。度が合わないのかな。ああでも、そのメタルフレームは似合っていると思いますよ」

　男はそう言って笑い、唐突に新聞紙を広げる。

　たまたま隣り合った者同士の会話は、これで終了。

　あっけない幕切れにしばし放心してしまうのは、唯のほうだった。

変な奴はどこにでもいる。自分の隣の男なんかいい例だ。なにが、似合っていると思いますよ、だ。気持ち悪いこと言うな。

気を取り直して、今回の目的をそらんじる。

このホテルにしろ、これから接触を図ろうとしている人物にしろ、到底一筋縄ではいかないだろう。欲しい情報を手にできるかどうかは神のみぞ知るというところだが、〝知りたい〟という欲求には勝てない。

ポットにたっぷり三杯分の紅茶を飲み終え、時間を確かめると午後二時四十五分。待ち合わせの時間が近づいていた。唯は軽くジャケットの襟を弾《はじ》いて立ち上がる。

いつの間にか、隣の席の男が気配も感じさせずに姿を消していたことに気づき、薄く笑う。カップは受け皿にきちんと戻され、シュガーポットを使った形跡はない。たぶん、ポットの中身はまるまる半分残っているだろう。

でまかせを言うつもりはなかった。常々、洞察力を売り物にしているだけに、勘がはずれたことはない。確かな感触があるのだ。

一歩も退《ひ》かないという強い意思を秘めた目つきをする奴は、そうそういない。

こっちの探るような視線に終始平然としていたあの男とは、いずれまた会う。

ホテルの二十階まで客用エレベーターで上がり、そこから先は前もって指示されたとおり、非常階段を使った。

二十五階のフロアに通じる扉を薄く開け、周囲に誰もいないことを確認してからそっと廊下にすべり出る。

ゲストルームが並ぶ他の階とは異なった静けさに包まれた廊下を進み、突き当たりの一室の扉に掲げられた「総支配人室」のプレートを確かめてから、すぐ手前の男子トイレに入った。

さすがにホテルのトイレだけあって、明るく、広々としていた。女性用でもないのに、大型の鏡も備え付けられている。

曇りひとつない鏡に向かい、ネクタイを締め直し、髪も整える。コンタクトから眼鏡にしたのは正解だったと思う。自分で言うのはなんだが、端正な顔立ちをしているほうだ。伸びっぱなしだった髪を切りそろえ、メタルフレームの眼鏡をかけただけで、真面目《まじめ》さが三割増しになった気がする。

どんな場合にあっても、見た目は大事だと思う。ひとはよく、「見た目よりもこころが大事だ」と言うけれど、あんなものは嘘《うそ》っぱちだ。

見知らぬ人間を目にした場合、まず身なりで判断するのが当然だろう。薄汚れた格好をして、手櫛《てぐし》も通らないようなぼさぼさ頭の人間をひと目見て、信用しようと思う奴はいない。

個人的好みから言えば、スーツも眼鏡も面倒で嫌だったが、仕事で必要となれば別だ。

昨日短くしたばかりの襟足がどことなく落ち着かなくて、手をあてた瞬間だった。

キィッと音が聞こえたほうに顔を向けると、四十代後半の男が周囲を気にしつつトイレに入ってきたところだった。

「加藤《かとう》さん、ここです」

「誰にも見られなかったか？」

「大丈夫です。あなたの指示どおり、階段を使ってきました」

冷静に返すと、隣に立つ男——加藤至《いたる》は神経質そうに眼鏡を押し上げ、浅く顎《あご》を引く。洒脱《しゃだつ》な印象の淡い青のネクタイが目を惹くが、やや肌の色が沈んでいる彼にはあまり似合っていない。

——見た目はそう悪くないが、ネクタイを選ぶセンスがちょっと古いな。マイナス五点だ。

「あと十分もすれば支配人が来る。急ぐぞ」

「はい。なにか注意しておくことはありますか？」

「最初のうちは黙って俺《おれ》についていればいい。余計な口を挟むな」

「わかりました」

無感動な唯の返答に、加藤が怪しむような目を向けてくる。

「その髪、切ったのか？」

「ええ」

「このあいだ会ったときは眼鏡なんかしてなかったじゃないか。それに、もっとだらしない格好だった」

「秘書見習いとして入り込む以上、抜かりないほうがいいでしょう。つまらないところで疑われても困りますから」

「まあ、……そうだな」

濃い色合いのスーツを隙《すき》なく着こなす加藤は一見落ち着いているように見えるが、その額にはうっすらと汗が浮かんでいた。じっとしていられないのか、咳払いを繰り返し、曲がってもいないネクタイを直して逆に歪《ゆが》ませている。

俺を見下す態度にマイナス五点。四十七歳と聞いているが、それにしては落ち着きがない。さらにマイナス十五点。

名実ともにクラヴィア横浜のトップに君臨する総支配人、沖田恭一《おきたきょういち》を支える男としては七十五点の出来。彼がこの期に及んで怖《お》じ気づかないことを祈るだけだ。

内心でからかい、唯は苦笑する。きっちり整えた髪や眼鏡だけで点数を稼げるなら、自分だってそう引けを取らないはずである。

ただし、立場そのものが大きく異なる。〝フリーという肩書きを刷り込んだ名刺を持ったその日から、誰でもフリーライター〟と揶揄《やゆ》される自分と違い、彼は曲がりなりにも沖田の側近中の側近、第一秘書だ。

普段から多くの人間を相手にしているだろうに、こんなにも慌てるなんてだらしない。だが、みずから上司を裏切り、唯をひそかに潜り込ませる手引きをしているのだから、動揺するのもいたしかたないだろう。

前に加藤と会ったときは、彼の言うとおり適当な格好をしていたし、頭も寝癖がついたままだった。しかし、いざ潜入取材が決まったとなったら普段の楽な格好を脱ぎ捨て、その場にふさわしい姿で挑むのは当たり前だ。

「落ち着いてください、加藤さん。俺は失敗しませんよ」

くだけた口調に、加藤は再びじろじろと眺め回してくる。

「フリーライターってのは違法まがいのことも平気でやるのか?」

「時と場合によります。こういう取材は過去何度かやってますから、慣れてるんですよ」

穏便に言い返すと、加藤がちっと舌打ちする。

「念を押しておくが、おまえの正体がもしばれても、俺は一切知らなかったことにするからな。万が一のときは、おまえが全部責任をかぶれ。絶対に俺の足を引っ張るなよ」

「わかってます」

律儀に答えながらも、唯は胸の裡《うち》で笑う。

その言葉は全部あんたに返してやるよ。ボロを出すなら、間違いなくあんたのほうが先だ。自分のことは責任が持てても、彼のような男はいつ、どこで崩れるかわからない。それを見越したうえで接触を図ったのは、ようやく摑《つか》んだ貴重なコネだったからだ。

フリーにとって最大の武器とは、人脈である。沖田に近づこうと決意してから唯は思いつくかぎりのツテを辿《たど》り、奔走した。

普通に取材するだけならいくらでもルートはあったが、今回のように真の目的を隠しての潜入取材ともなると、かなり難しい。

こっちの立場を知っていて、なおかつうまく立ち回ってくれる内部からの手引きが欠かせないのだが、その相手が誰でもいいというわけでもない。

変に口が軽いのは万が一のときに困るし、同じ社内にいてもターゲット——今回の場合、沖田から遠いところにいたのでは話にならないのだ。

できるだけ沖田に近いところにいる人物という条件付きで延々探し回った結果、幸運にも、大学時代の友人から加藤へとつながる線を見つけた。

これはほんとうに幸運だった。

ホテルというのは、数え切れないほどのスタッフを抱えている。総支配人の顔は知っていても、そのひととなりとなるとよく知らないという者もたくさんいるだろう。それに、潜入取材をさせてくれと土下座して頼んだところで、自分の仕事場を荒らして回る人間を歓迎する者は少ないはずだ。

愛社精神に欠けていて、ほどよく口が軽く、ターゲットのそばにいる人物。なんとも都合のいい話ではあるが、根気よく探せばいるものだ。

名もない末端の人間より、加藤のように、企業の心臓部にもっとも近い場所にいる男のほうが、ある日突然裏切る可能性が高い。

加藤と知り合った際、皮肉にもそう考えたことを唯は思い出していた。

彼は沖田の第一秘書として、二年前に着任した。通常、秘書という立場にある者ならば、上司にあたる人間への接触を非公式に求められても断るのが当然と考えられる。

だが、以前からクラヴィア横浜内部の不和を耳にしていた唯は、一か八かの賭《か》けに出ることにしたのだった。

金と引き替えに、良心を売り渡す奴らは案外多いものだ。それなりに稼いでいた唯は、加藤に金を渡し、代わりに内部潜入を申し出たのだが、ここでも幸運は続いていた。

『金はいらないから、沖田のネタをすっぱ抜いてくれ』

そう言った加藤の言葉をどう受け取るべきか、深く考えずともわかった。どういう理由かは知らないが、彼も内心では沖田を裏切ろうとしているのだ。

予想していたいくつかの障害もなく、契約は滞りなく完了。最初の難関を突破したいま、唯は加藤と顔を見合わせている。

第一秘書である彼の補佐として身分を偽り、クラヴィア横浜の総支配人・沖田に近づく。期間は三か月、ないしは半年、そのあいだに沖田にまつわる黒い噂《うわさ》の真偽を確かめ、欲しい情報を手にしたら、大々的にすっぱ抜く。

大学時代から足かけ十年以上、政界や芸能界など、幅広い分野の特ダネを扱う週刊誌のフリーライターとしてさまざまな記事を書いてきた唯にとっても、今回の仕事は過去に例がないほど大きい。

武者震いがしてくるのは、純粋な好奇心からだ。

かたや加藤が緊張しているのは、たかだか二年とはいえ直属の上司としてついてきた支配人を裏切るためなのだろう。

そこが俺とは違う。俺は最初から沖田を裏切っているから、良心の呵責《かしゃく》もなにもない。

「大丈夫ですよ、加藤さん。あなたの悪いようにはしません」

そっと囁《ささや》き、時間が近づいていることをうながすと、加藤はぎくしゃくとした動きでトイレを出て行く。

ついさっき確認した部屋の扉を開き、加藤に続いて唯も入る。

ホテルの一画に設けられた総支配人室は、深い赤を基調とした、その座にふさわしい豪奢《ごうしゃ》な内装だった。贅沢《ぜいたく》なまでに余裕ある空間に大きなデスクとソファ、テーブルが配置されている。

うしろ手を組み、窓の外に広がる横浜の街並みを眺めている男は、唯たちが近づくのに振り向きもしない。

「支配人、会議は無事終わりましたか」

「ああ。次の予定はどうなってる」

「十八時からドイツのコンラッドホテルとの定例晩餐《ばんさん》があります」

「そのあとは？」

「二十一時から、岩崎《いわさき》ワイナリーのワインの試飲会が入っています」

「定例晩餐には出る。試飲会は日をずらせ。もともとあっちがむりやりねじ込んできた予定だろう。それと、明日の朝九時会議を開きたい。メンバーはいつもどおりだ。各人に早急に伝えておいてくれ」

矢継ぎ早な指示に、加藤は「了解しました」と手帳を忙しげにめくる。

その様子を背後で見守り、唯は静かに呼吸を繰り返す。

「それから支配人、今日から秘書見習いとしてこの者がつきます」

「名前は？」

背中を向けていても、最初から自分がそこにいたことを知っていたかのような声に、唯は加藤の斜めうしろで深く一礼した。

「花岡唯と申します」

頭を下げる直前、振り返った男と目が合っていた。

姿勢を戻すと、切り込むような視線と真っ向からぶつかった。

勘は正しかった。先ほど、ラウンジで隣り合った男だ。

「私の兄の旧友から紹介を受けたのです。なにぶん急な話で、支配人にもご迷惑をおかけすることと思いますが……」

加藤が説明しているあいだ、唯は生真面目な顔を崩さずに沖田を見ていた。

これがクラヴィア横浜の頂点に立つ男——沖田恭一か。間近に見ると、その手強《てごわ》さがひしひしと伝わってくる。

大のメディア嫌いとして伝わっている沖田の顔写真は、数えるぐらいしか出回っていない。

だから、こうして肉眼で見るのは唯も初めてだった。

自分よりも四、五歳上の三十代前半というラウンジでの印象が、たったひとつのピンで塗り替えられている。

先ほど会ったときにはなかった、シルバーでできたCのイニシャルピンがジャケットの襟元でかがやいていた。クラヴィアの頭文字を取ったちいさなピンは、ホテルを急成長させた沖田の実力を確固たるものとして裏付けているように見える。

これが噂の男か。加藤も巨大ホテルの秘書らしく洗練された雰囲気だが、沖田はさすがに格が違う。

シンプルなピンに見とれていた唯に向かって顎をしゃくり、沖田が言う。

「こいつの身元は確かなのか、加藤」

加藤のほうがずっと年上だが、沖田の口調はそういった気遣いをすっぱり排除したものだった。

「は、それはもう、先ほども言いましたように、私の兄の……」

「それは聞いた。見習いにしては、ずいぶんと堂々とした態度だったな」

皮肉混じりに言われ、唯は「申し訳ございませんでした」と返した。加藤だけが場を読めない様子で、沖田と自分を交互に見ている。

「まあいい、クラヴィアが出す紅茶がまずいという噂が立っても困るからな。厨房《ちゅうぼう》にはあとで注意しておく」

革張りの椅子《いす》に深々と腰掛けた沖田は、同じ男から見ても思わず目を留めるような精悍《せいかん》な顔立ちをしている。斜め上に走った黒い眉の下から挑みかかってくるような鋭い眼差しはむろんのこと全身からにじみ出る威圧感がさすがにただ者ではないと思わせる。

生まれもってトップに立つ男だけに備わる風格を目の当たりにして、唯は軽い興奮を覚えた。

この男を見事騙《だま》し、情報を引きずり出してやる。化けの皮を剝《は》がしてやる。

彼を取り巻く怪しいネタには、枚挙に暇《いとま》がない。

ある政治家に違法献金をしているのだとか、海外から賓客を招いた際には、しかるべきルートを使って、一般人では到底お目にかかれないような超高級のコールガールを呼び寄せているのだとか。もちろん、彼女たちを呼んだパーティで、なごやかな会食が行われるはずがない。

ほんの少し前、沖田は、外務省の高官と都内の料亭で秘密裏に会っていたところをすっぱ抜かれている。ただ食事をしていただけならニュースにもならないが、問題の高官は以前から法的に許されない献金を受けていると疑われていただけに、ちょっとした騒ぎになったのだった。

その週刊誌は、唯がいつも記事を書いている雑誌と激しく争っているライバル誌のひとつで、写真が出たとき、編集部全員で先を越されたことに地団駄を踏んだものだ。

話題になった記事では高官に重点を置いていたため、沖田の顔はぼかされていた。だが、ライバル誌も決定打を摑んだわけではなく、沖田たちの違法なつき合いはあくまでも推測の域を出ていない。

——今度は俺の番だ。あっちの雑誌は政治家をメインに追っているようだから、俺は沖田を徹底的にマークしてやる。

狡猾《こうかつ》な考えを腹に秘め、唯は無礼のないように真面目な顔を続けた。

「新人を入れるにしてはずいぶん中途半端な時期を選んだな」

「おっしゃるとおりです。なんでも、花岡が勤めていた会社が急に不渡りを出したらしいのです。本人もいろいろと就職先を探してみたというんですが、年齢やこの不況が手伝ってなかなか次が見つからなかったようで」

「それで、ツテを辿っておまえのところに世話を頼んだというわけか」

「はい」

加藤の言葉に「なるほどな」と頷いたものの、沖田は依然として唯に焦点を定めている。唯も身じろぎもせずに立っていた。前もって、不用意に言葉を挟むなと加藤に言われたのもあるし、沖田を観察する機会を逃したくはなかった。

身体全体が強靱《きょうじん》な鋼でできあがっているような印象を受ける男をさらに掘り下げれば、このクラヴィア横浜でいちばん高い料金を取るプレジデンシャル・スイートルームが毎月特定の日に、某団体に極秘裏、かつ格安の料金で貸し出されているという話もあった。

その、某団体というのが国内でもきっての暴力団だろうというのは数年前から唯の周囲でまことしやかに噂されていたが、未だ確証を摑んだ者はいなかった。

政財界に暴力団と、異なった力をバックにつけていると思われる彼は、そうした唯の思惑もよそに、ちらりとも揺るがない視線を合わせてくる。

ダークな噂に混じって、沖田の若さや急進的なやり方に反発する、旧体制型の副支配人一派と深い軋轢《あつれき》を引き起こしているとも聞いていたが、あながち嘘ではないのだろう。この視線の強さは伊達《だて》じゃない。歯向かう者は即座に切って捨てる勢いが感じ取れる。

五年前にオープンして以来、外資系のクラヴィアはこの不況のさなかにありながら、国内の有名ホテルを押さえ、常に黒字修正を果たしてきた。

その先導者である男の簡単なプロフィールは、すべて頭に叩《たた》き込んである。

沖田恭一、八月一日生まれの三十六歳。このホテルの総支配人として、三年前に着任した。

クラヴィアはアメリカを中心に栄えてきたホテルグループで、ここ数年のあいだにはアジアにも意欲的に進出している。クラヴィア横浜もそのひとつだが、オープン直後は無能な支配人のせいで散々な業績だと聞いていた。それをたった三年で立て直した彼の才能を考えると、否《いや》応《おう》にも気が引き締まる。

表向き、綺麗なイメージで売っているホテル業界のトップに立つ男の裏側をなんとしてでも暴きたい。そう考えていたから、唯は怯《ひる》むことなく沖田の視線を弾き返す。

加藤のそばにつき、沖田の行動を逐一チェックする。そばにいる時間が長ければ長いほど、得られる情報は正確さを極める。そして、機が熟したらここを速やかに去り、間を置かずして世間に有名ホテル支配人の別の顔を知らせてやる。

これは道義心に基づいた行動ではなく、自分が知りたいからという単純な動機だ。

それに加え、見事ネタを摑んだら、雑誌で半年間の連載記事を持つことが約束されている。クラヴィア横浜の腐敗を暴くキャンペーン記事は、フリーライターとしての名声を懸けた大仕事だ。なんとしてでもやり遂げたいという野心の前には、怖じける気持ちも吹き飛ぶ。

「そういうわけで、今後花岡は私のもとでしばらく修業をさせようと思いまして……支配人にはお目障りかと思いますが」

またも額に汗を浮かべ始めた加藤に、この先が思いやられるとため息をついたときだった。

「いや、俺が直接見る。いいな、花岡」

突拍子もない言葉に驚いたのは加藤だけではない。唯も耳を疑った。

「おまえは下がってろ、加藤。俺はこの花岡に直接質問したいことがある。次の予定十分前になったら来い」

「は、……そうですか」

情けない顔の第一秘書を一蹴《いっしゅう》した男が、なにを考えているのか。あれこれと想像するには時間が足りない。

「……わかりました。それでは、失礼します」

上司の命令とあっては逆らえないのだろう。なにか言いたそうな加藤の目配せを受け流し、唯は腹をくくることにした。

この展開は計算に入っていなかったが、沖田の性格を考えればおかしいことではなかった。他人の意見を鵜呑《うの》みにするような男じゃないことは、この十数分でわかっている。自分の目で見て判断したいというあたりは、俺と似ているかもしれない。

そう思うと、少し可笑《おか》しかった。

立場も年齢もまったく違う男に共通点を見いだすのは、悪いことではない。敵とはいえ、ある程度の情を感じられたほうが、仕事もしやすいだろう。

沖田により近づけるとなれば、こっちとしても情報を集めやすい。身分詐称がばれるかもしれないというリスクは、最初からあるものだ。

厚い扉が閉まり、あたりは静寂に包まれた。

ラウンジで見たのとはまた違うニュアンスの微笑みを浮かべた沖田が、「履歴書は持っているか」と言う。

「持参しております」

「見せてくれ」

ノートパソコンを入れていた鞄《かばん》から封筒を取り出し、机にすべらせる。

大学卒業後の経歴はでたらめを書き連ねた紙切れに沖田が目を通しているあいだ、唯は濃い色合いの絨毯《じゅうたん》を見つめていた。

——ここが最初の正念場だ。頼むから、騙されてくれ。

なんとも手前勝手な神頼みだ。だが、苦労してそれっぽい経歴を並べたところで、ばれるときはばれる。いまこの場で、沖田が電話を取り上げ、履歴書に書かれたいくつかの会社に問い合わせれば一発で終わりだ。

『花岡唯という者は我が社にはおりません』

だが、沖田はそうしなかった。二十九歳という年齢で秘書見習いを希望する怪しい身の上を指摘することなく、無表情に履歴書を折り畳み、代わりに、一枚の紙切れを取り出す。

「それじゃ、これにサインしてくれ」

唯は渡された書類にざっと目を走らせた。

クラヴィア・インターナショナル・グループに共通する正式な雇用契約書で、右肩にグループのロゴが箔押しされている。お決まりの就業規則や雇用条件が書かれた最後に、アメリカ式に氏名を記入する欄が設けられていた。

これにサインすれば沖田に一歩近づくと同時に、クラヴィア横浜に関する守秘義務も課せられ、万が一破った際は訴えられる危険性を抱えることにもなるのだ。

迷っている暇はなかった。

グループから糾弾される恐れよりも、ネタを摑みたい。ペンを借りて署名し、書類を返した。

――ホテルに泊まるのと同じだ。サインひとつ、チェックインすることで、クラヴィア横浜とあんたの秘密を隠す幕をあげてやる。

受け取った契約書を抽斗にしまった沖田は、思案顔をしている。

数分間、室内にはまったく音がせず、さしもの唯も焦りを感じていた。

「おまえ自身の長所を三つ挙げてみろ」

低い声が響き、それまで床を見ていた唯は素早く顔を上げた。

こういう質問がくるとは思わなかった。

「三つ、ですか」

「それ以上あるのか？」

切れ長の目が笑っているのを見て、「いいえ」と顎を引く。

からかわれているわけではない。これが沖田流のテストなのだろう。

「……三つですね」

考えたのち、唯は、「記憶力、決断力、瞬発力です」と言いきった。

度胸もそれなりにな、とこっそりつけ加えたのは胸の中でだけ。それがなかったら、単身乗り込むことはしない。

「いい度胸をしてるな。――わかった。おまえの面倒は俺が見る。いまの三つはじかに確かめさせてもらう」

沖田が声をたてて笑う。

その、いかにも楽しげな表情が唯をわずかに動揺させた。

沖田の実力、それにまつわる噂がどれほどのものなのか、まだこの目で確かめていないにしても、鷹揚《おうよう》な態度は一朝一夕で身に付くものではない。

同じ土俵で張り合うのにはまたとない相手だと昂《たか》ぶるのと同時に、ここまで来たら、もうあとには引き下がれないというかすかな不安がせめぎ合う。

にわかに速くなる鼓動をなだめつつ、見事な眺望を背にする男の質問に答えた。

「秘書経験はないらしいな」

「はい。ですが、加藤さんから必要なことはひととおり教わっています」

「時間は守れるか？」

「その点は自信があります」

「語学のほうはどうだ。俺の秘書を務める以上、ある程度は喋《しゃべ》れないと困る」

「英語はほぼ完璧《かんぺき》だと思いますが、仏語が少し怪しいです」

「それだけか。せめてあと独、露、伊、中の四カ国語ぐらいは理解してほしいんだがな。とくにこれからの時期はドイツの賓客を相手にする機会が多くなる」

「申し訳ありません。耳はいいほうなので努力します」

唯は頭を下げながら、帰りがけにドイツ語の教材を買おうと決意する。これも取材を成功させるには必要なことだ。

「目が悪いのか？」

「えっ？」

採用にはまったく関係ない質問を投げかけられ、思わず声がうわずった。

沖田は組んだ両手を頭のうしろにやり、くつろいでいる。

「眼鏡をはずしてみろ」

「はい」

仕方なく、言われたとおりに眼鏡をはずした。とたんに視界がぼやけ、机を挟んで座っている男の顔も曖昧《あいまい》になる。

室内の灯りが妙にまぶしく感じられ、ハレーションを起こしているような錯覚に陥った。

普段、眼鏡やコンタクトレンズは寝る間際にしかはずさない。外出している先で、ものがよく見えない状況というのは心許《こころもと》ないものだ。

「俺の指、いま何本か見えるか」

——参ったな、いきなり視力テストかよ。

内心ぼやき、唯は目を細める。

「二本、でしょうか」

「三本だ」

「すみません」

即座に謝ると、また笑う声が聞こえた。

余裕ある声を聞いていると、無性に苛々《いらいら》してくる。急いで眼鏡をかけ直し、深々と息を吸い込んだ。

「最後に聞いておきたいことがある。今日、ラウンジで会ったとき、おまえはここに来るのが初めてだと言ったな」

「はい、確かに」

立ち上がった沖田が顎に指をあて、「好きになれそうか」と言った。

「おまえは、このクラヴィア横浜を好きになれるか？」

否定することは断じて許さないという口調に、唯は、「はい」と頷く。

彼が裏でなにをやっているかはさておき、総支配人という立場にある以上、ホテルを愛する気持ちはあるのだろう。唯がさまざまな真実を暴くことに興味を示すのと同様、沖田の興味はこのホテルにあるのだ。

視力はどうだというのと同じ、これにだってたいした意味はないのだろうと思いながら、鞄を持ち替えた。

「――好きになります」

「ならいい」

ふと目尻をほどけさせた男がジャケットの袖をめくり、ちらりと腕時計に視線を落としてまた元に戻す。彼の一連の仕草に、無駄というものは一切なかった。

「明日八時にまたここに来てくれ。今日はこれで終わりだ」

「失礼します」

唯は深く一礼して、部屋を出た。

帰り際、コンビニで缶ビールを三缶買い、跳ねる足取りで自宅マンションに辿り着いた。

後楽園《こうらくえん》そばの中古マンションに住み始めて、十年。十九歳のときに学業と並行していまの仕事をするようになったのがきっかけで、世田谷《せたがや》の実家を出てひとり暮らしを始めた。

つき合いのある編集部が点在する御茶ノ水《おちゃのみず》に近く、深夜遅くまで開いている店が多い点でもこのあたりは気に入っている。

ただ、明日から小一時間かけて横浜まで電車通勤しなければいけないのは、少しつらい。

「あ……そういやトイレットペーパー買うの忘れた」

ひとりごとを呟きながら無味乾燥な部屋の灯りを点《つ》けた。

2DKの部屋は、男のひとり暮らしとしてはかなり片づいているほうだ。だらしなく暮らしたらきりがないと知っているし、一日家にこもって原稿を書くこともよくあるため、努めて小綺麗にしている。このあいだの休みなんか、春の模様替えをしようとカーテンから床に敷いているラグまですべて綺麗に洗い上げた。

二週間前まで厚手のカーテンをかけていた窓に、いまは明るい黄色のカーテンがかかっている。

スーツをさっさと脱いでハンガーにかけ、シャワーを浴びた。昼間の堅苦しさとは、これでおさらばだ。

Tシャツと短パンという楽な格好に着替え、濡《ぬ》れた頭を拭《ふ》き拭き、パソコンの前に座ったとき、空腹に気づいた。

「……どっかで食ってくりゃよかったな」

ぶつぶつ言いつつ鞄を開け、ジッパー付近に仕込んでおいた超小型のCCDカメラをはずした。

「あ、あれはスーツの内側か」

思い出して、クロゼットにしまったスーツをもう一度取り出し、内ポケットにしまっておいたレコーダーを抜き取った。

これも小型だが、驚くほど綺麗に音が録《と》れるものだ。

カメラもレコーダーも通常の撮影、録音に使うひとは少ないだろう。専門店でしか売っておらず、極小サイズに反比例して値段は相当のものになる。

特殊な機器を使うのは盗撮や盗聴をしたい奴だけだと笑い、カメラをパソコンにつなげる。

ふと気づいて、半端に開いていたカーテンをきちんと閉めた。マンションの五階に住む男の部屋をのぞきたがる変態もいないだろうが、用心するに越したことはない。

デジタル撮影だけに、思っていた以上の鮮明さで沖田の顔がモニタに浮かび上がった。近距離で撮れたのもよかったのだろう。心配していたぶれもなく、唯はビールを呑《の》みながら次々に画像を保存していった。

沖田、加藤。数枚のファイルに名前と日付を書き込み、念のためにMOディスクにバックアップしておいた。

それから、沖田のプロフィールを書き留めた書類を呼び出し、ざっと読み返す。

国内でも一、二を争う国立大学を卒業したあと、彼はアメリカに留学している。帰国後、二十六歳でアメリカに拠点を置くクラヴィア・インターナショナル・グループに入社し、マレーシアやタイのホテルを回ったあと、三十三歳という異例の若さでクラヴィア横浜の総支配人という座に立った。

絵に描いたようなエリートコースを邁進《まいしん》する七歳年上の男に、自分とは大違いだと唯はちらっと笑う。大学を卒業したあたりまでは似通ったようなものだが、そのあとがまったく違う。

計画が順調にすべり出したことが嬉《うれ》しくてたまらなかった。新しい仕事を始めるときは、いつでも少なからず不安と興奮がつきまとうものだ。

「……うまくいく。絶対にうまくいく」

ステレオのスイッチを入れ、ヘッドホンから大音量で流れ出すアシッド・ジャズに目を閉じて、呪文《じゅもん》のように呟く。

情報中毒というのは、まさしく自分のような人間を指すのだろう。

知りたいと思ったら、いてもたってもいられない。ひとが隠し通したい秘密も、企業が守り抜きたい機密も、気になったらとことん食らいつき、すべてが明らかになるまで粘り続ける。

もちろん、そういう仕事をしてきたら、一度や二度は崖《がけ》っぷちに立たされる。知り合いのライターは新宿《しんじゅく》にはびこる中国系マフィアを追い、半死半生の目に遭わされた。また別のライターは、とある企業の重要機密に触れ、裁判沙汰に追い込まれた。

表沙汰にならないまでも、洒落《しゃれ》にならない揉《も》め事はいくつでもある。

いまのところ、唯はそういったトラブルをなんとかくぐり抜けてきていた。だが、この幸運が長続きするとは思っていない。

トラブルが起きるときは起きる。そう割り切るしかなかった。それに、この仕事を選んだ奴はどんなひどい目に遭わされても絶対に舞い戻ってくるものだ。

懐かしい言葉で言えば、特ダネ屋と呼ばれる自分たちはいつでも新鮮な情報に飢えている。

獲物が大きければ大きいほど腕が鳴る。そういう意味では、沖田は格好の獲物だ。

これまでさまざまな記事を書いてきたが、今回のような単身潜入は初めてだ。成功すれば、公称百万部を誇る週刊誌で半年にわたる独占記事を展開できる。それも、自分の名前が入った記名原稿。フリーで記事を書く者にとっては、垂涎《すいぜん》の的だ。

臆病風に吹かれて、待ち望んでいたチャンスを見逃すにはあまりに惜しい。

口に出せば他人が眉をひそめるような野心だが、誰でも知りたいはずの隠された真実を公に暴いてしまえば、こっちの勝ちだ。

音楽を止め、レコーダーに録音した会話を確認してみた。

「ん、……よく録れてる。上々だな」

ついで、モニタに大映しになっている沖田の顔写真をカラープリンタで刷り出した。

机に立てかけてあるコルクボードに半乾きの写真を留め、唯はうっとりと見入る。

ぴしりとしたジャケットの襟にかがやくCのピン。すっきりした額に幾筋か落ちる黒髪と、傲岸不遜《ごうがんふそん》な性格を現したようなしっかりした顎のライン。だけど、いちばん惹かれるのは、やはり鋭い眼差しだ。

写真の沖田は不敵な笑みを浮かべて、まっすぐこっちを見ている。

ターゲットを追っているあいだの焦燥感や昂揚感は、まるでイリーガルなドラッグをやってるみたいなもんだとライター仲間と話し合ったことがあった。

素知らぬ顔をして近づき、情報を入手するという強烈なスリルとエクスタシーは、なにものにも代え難い。

「これからがお楽しみだよ、沖田さん」

写真に微笑みかけ、唯は潜入成功を祝うためにひとり缶ビールを掲げた。


「おはようございます、支配人。本日の予定を」

几帳面な文字で予定を書き連ねた手帳をめくる。沖田は軽く頷いただけで、なにやら書類にサインをしていた。

爽《さわ》やかな陽射しで満たされた朝九時の総支配人室には、沖田と唯ふたりきりだった。

加藤は数日前から所用で出張に出るとのことで、唯にスケジューリングの全権が任されていた。

潜入を開始して、今日で二週間。持ち前の度胸のよさで出任せの秘書業をそつなくこなしているが、めぼしい情報はまだ入ってこない。

焦ることはないと言い聞かせ、唯は息を吐く。

「十時から定例会議、十二時に昼食、十四時半からブライダル雑誌の取材が入っています」

「出版社の名前は」

「ウエディング・メイ社です」

「最近よく聞く名前だ」

「一昨年に大学生グループが興した会社です。出版社というよりも、客に応じたブライダル専門のプランナー集団です。発想の自由度が高いとのことで、私も評判は聞いております。今回のインタビューは彼らが発行している専門誌に掲載されるとのことですが」

「……情報収集がうまいようだな」

サインする手を止め、沖田がちらりと視線を向けてくる。その冷徹な視線に一瞬ひやりとしたが、顔に出すことはしなかった。

「そのあとは」

「十六時半からもう一社、取材が入ってます。こちらは学生向けの就職雑誌で、これからホテル業界を目指す者にひと言欲しいとのことです。それが終わりましたら、十九時から六本木《ろっぽんぎ》で岩崎ワイナリーの試飲会、二十時半に終了。本日の予定は以上です」

「岩崎も案外しつこいな。これで何度目のオファーだ？」

「六度目です」

互いに顔を見合わせて、ちょっと笑った。クラヴィア横浜内にあるフレンチレストランやブライダルで出されるワインは、一括して大手業者に仕入れを頼んでいる。それを相手も知っているだろうに、異例の試飲会を数度にわたって申し出てきているのだった。

「岩崎ワイナリーについてなにか知っているか」

ぐるりと椅子を回し、沖田が立ち上がる。机の前に立っていた唯は一歩も動かず、手帳をめくった。

「山梨《やまなし》の、かなりちいさな業者です。味はいいと聞いてますが、自家生産しているだけにあまり大量にはつくれないようです」

「おまえは飲んだことがあるのか」

「はい、一度。友人の土産《みやげ》で」

「そうか」

すぐそばまで近づいていた沖田を見上げた。

「岩崎にはラッキーセブンを狙ってもらおう。今夜の試飲会は断ってくれ。新規業者を受け付けるのは構わないが、いまは半端な時期だ」

「了解しました。そのように伝えます」

身長百七十七センチの自分よりもわずかに高いところから、百八十二、三センチあたりだろう。スラックスのラインが崩れることも厭《いと》わず、沖田はポケットに手を突っ込み、おもしろそうな目で見下してくる。

「花岡は秘書経験がないといったな。それにしてはスケジューリングの腕も見事だし、なにを聞いても素早く答える。さぞかし、前の会社でも有能だったんだろう」

「とんでもありません」

しれっとした顔で答えながら、手帳を閉じた。

ここで怯んだら、すべてご破算になる。堂々とした態度だけが武器になると信じ、唯は昂然と顔を上げた。

「お褒めいただいて光栄です」

「べつに褒めたわけじゃない。俺の秘書ならそれぐらいは当然だ」

あっさり言われ、拍子抜けしてしまった。

近づいてみてわかったことが、いくつかある。その大半は欲しい情報と無縁で、沖田個人に関するものだ。

唯の正体に気づいているのかそうじゃないのか、ときおりこんなふうにきわどい疑問を投げかけてきては、するりと話題を変えてしまう。

いまもそうだった。

「おまえが有能だったとしても、一点ミスしてるな」

「なにを、ですか」

思わず声が低くなった唯に、沖田が手を伸ばしてくる。ぎょっとしてあとじさろうとしたが、ネクタイの結び目を摑まれるほうが早かった。

「長いことサラリーマンをしていた奴がこんなに下手か?」

「……すみません」

今度は嘘偽りなく、声がちいさくなった。

ネクタイを締める習慣がなかっただけに、毎朝鏡の前で四苦八苦していることを沖田は気づいていたのだろうか。そうなのかもしれない。彼のきちんとした逆三角形の結び目と比べて、自分のはいつだって斜めに歪んでいるのだ。

手際よくほどかれたネクタイがかすかな衣擦れの音をたてて、再び締め直される。

そのあいだ、唯は棒のように突っ立っているしかなかった。

毎晩、自宅でじっくり眺めている写真と同じ顔が至近距離にあるというのは、どうにもいたたまれない。

たぶんフレグランスを薄くつけているのだろう。アフターシェイブと入り混じる香りが、鼻をくすぐる。

女性用でも男性用でもきつい匂いは苦手だったが、彼の身体を覆っているのはすっきりした切れのある香りだ。

似合っているなと素直に認める唯の視線の先で、沖田が眉をはね上げる。

「もう少し練習しておけ。おまえのネクタイがよれてて笑われるのは俺だ」

「はい」

殊勝に答え、自分では何度やっても綺麗に結べないネクタイに触れた。

今晩帰ったら、早速特訓してやる。ドイツ語を独学で学ぶのと一緒で、やってやれないことはない。

「会議がそろそろだな。花岡、おまえもついてこい」

銀色のペンを胸に差して早くも歩き出す男に、異論を唱えるつもりはない。唯も髪を撫《な》でつけ、沖田の背を追った。

副支配人をはじめとした首脳陣が集まる守秘義務の高い会議にこそ、欲しいものがあるはずだ。

五十階建てのクラヴィア横浜は、二十二階までがゲストフロア、そこから四十七階まではオフィス向けに貸し出している。四十八階から上にはレストランが入り、最上階はワンフロア丸ごとプレジデンシャル・スイートルームと、専用のプライベートロビーが設けられていた。

総支配人室のある二十五階から二階ぶん下りたフロアに、彼らは集まっているらしい。

重厚な扉を開く前、沖田が肩越しに振り向く。

「俺に真っ向から歯向かってくる敵がこの中にどれだけいるか、当ててみるか?」

歪んだくちびるからこぼれた言葉に問い返す間もなく、沖田が扉を開いた。

「お待たせして申し訳ありません。早速始めましょう」

ゆったりした部屋に据えられた長方形のテーブルで、居住まいを正す総勢十二名の男たちの顔をひとりひとりそれとなく見つめ、唯は沖田の斜めうしろに控えた。

沖田を頂点にして右斜め前に座っているのが、対立していると噂されている副支配人の三浦《みうら》だ。彼の隣に営業本部長。左斜め前は主に宴会を担当するセールス部長が座っている。

思ったとおり、クラヴィア横浜の中枢を支えるメンバーだ。皆、四十代から五十代で、沖田が最年少らしい。

このうちの誰が敵で、味方なのか。

冷静なふりをしながらも、胸が躍って仕方がない。秘書とはいえ、正体不明も同然の自分を同席させる沖田の度胸には恐れ入ったが、潜入を始めて十四日目、ようやくめぐってきたチャンスだ。

海が一望できる会議室で議題となったのは、クラヴィア横浜の人気商品であるウエディングプランだった。

ホテルもクラヴィアぐらいのクラスになると、客を寝泊まりさせることのみが商売ではなくなってくる。企業による大がかりなパーティが催されるかたわら、華やかなチャペルでの結婚式、披露宴も毎月数多く行われていた。

クラヴィアでの結婚式に憧れる女性が多いというのは、唯も雑誌でちらっと読んだことがある。

海と空に囲まれた開放的な場所で、クラヴィア自慢の荘厳なチャペルで式を挙げるプランは、客の予算に合わせていくつかあるらしい。

上を見れば切りがないとしても、下は五十名の客を招いた式、披露宴を七十万円で引き受けるといった格安のものもあった。

クラヴィアにしては思いきったプランを実行させたのが沖田であることは、しだいに白熱していく会議を聞いていてわかった。

「だいたい、七十万円のプランでさえ黒字を取るのがやっとじゃありませんか」

「そのぶん、婚礼料理でコストダウンを図っています。三浦さんも報告書はお読みになってい

るはずですよね」

「当然です。しかし、支配人があのプランを自力でつくったことで、総料理長の橋田《はしだ》のプライドをいたく傷つけたことはおわかりなんですか？」

橋田の名前を耳にし、唯は室内に集まる面々の中に総料理長として名高い男を探したが、いなかった。

実際に会うまで顔を知らなかった沖田をのぞき、クラヴィア横浜の重要なポストに就くメンバーに関してはあらかじめチェックしてあった。

総料理長ともなれば重要会議に出席していてもおかしくないのに、不在というのはどうしたわけか。

「……プライドか、馬鹿馬鹿しい」

背後に控えていた唯だけが聞き取れる小声で、沖田が呟く。

「橋田さんは料理をつくるのがうまくても、原価計算ができる方ではありません。昨年一年でどれだけ無駄が出たか、あらためて話すまでもないと思いますが」

ホテルの総料理長というのは、なにも客の注文に応じて料理するだけではない。仕入れる肉や魚、野菜、飲料にかかるコストを管理するのも重要な仕事のひとつだ。

どうやら沖田にとっての敵は、なにかと楯突《たてつ》く副支配人の三浦だけでなく、計算のできない料理長も数に入っているようだ。

「ともかく、私はこれ以上リスクを増やすようなプランは反対です。あなたがこれからやろうとしているカスタムメイド・ウエディングプランだけでも危なっかしいのに、まだあのガラスのチャペルを完成させるつもりですか」

「まだ？」

可笑しそうな声で沖田が笑う。

どう見ても彼より年配の男に食ってかかられているというのに、一歩も怯まない背中には気《け》圧《お》される。唯は無意識のうちに膝《ひざ》に置いた手帳を強く握り締めていた。

この中に敵がいるという沖田の言葉に、間違いはないようだ。どうやらその筆頭が、五十代後半に差し掛かる三浦らしい。

ジャケットの内ポケットにしまったレコーダーが正常に動いているかどうか、確認する必要はなかった。激しいやり合いは、この目で、耳で、しっかり記憶に留めてやる。

「その話はもうずいぶん前に決着が着いたかと思うが、……あなたはまだ蒸し返したいですか。ブライダル部門も今回の案は承諾していますし、新しく入れる業者とも話はついてますよ」

「納得したとは言っていない。ガラスのチャペルなんて、建築上どうなんですか。万が一地震が来た場合のことを……」

「建築基準法はクリアしています。外壁のガラスは五十パーセント以下に留めるということで建築家との話も進んでいます」

「しかし、予算だって圧迫しているんだ」

「間違いなくそれも解消できます。チャペルさえつくれればね。いまある三つのチャペルだけでは、もう間に合わないことぐらい三浦さんもわかっているでしょう。客の目がクラヴィア横浜に向いているあいだに、できるかぎりのことをする。古くなったチャペルを取り壊して、新しいものをつくれば話題になり、ひとはさらに来るものです」

「いや、そもそもだな、うちはウエディングプランだけが商品じゃないんだ。そういう浮かれたイメージよりも、もっと堅実なものを目指したほうがいいと私は言っているんだ！　これ以上きみのやり方で進めたら、ハイクラスのホテルというう ちのイメージが損なわれるだろう！」

　激したあまり、口調が乱れる三浦を冷たく見やった沖田がゆっくりと答えた。

「三浦さんのおっしゃる堅実なイメージというのは、企業の社長就任パーティや会議のことですか？　確かにこのホテルはコンベンションセンターに並んで建っている。そう考えるのは自然かもしれません。だが、いまどき企業パーティでどれだけの収入が得られると思うんですか。どこの会社も不況に喘《あえ》いで、私たちのようなホテルにわざわざ金を落とすような真似はしませんよ。考えてもみてください、三浦さん。あなたがもし明日いきなり無職になったとして、うちのホテルに泊まりに来ますか？」

皮肉混じりの言葉に、三浦は顔を真っ赤にしている。ほかの者は沖田と三浦の壮絶な舌戦に呆然《ぼうぜん》とし、黙り込んでいる。

「ハイクラスのイメージを失うつもりはありません。だが、三浦さんの考えは古すぎる。いまや私たちのホテルを支えるのは企業パーティじゃない。記念になるような結婚式を挙げたいと願っているごく普通のカップルだったり、横浜観光を楽しむファミリー層だということを正しく認識されたらどうですか」

きっぱりと言いきった沖田に、反論はなかった。けれど、副支配人の沈黙は説得されたためというにはほど遠く、歯軋《はぎし》りの音がこっちまで聞こえてきそうだ。

やはり、対立はほんとうだったのだ。これだけ赤裸々な場面を演じている以上、単なる噂だと言い訳するのは無理だろう。

唯はまばたきを繰り返し繰り返し、激昂している三浦を記憶に刻んだ。

旧体制の三浦にすれば、急進派の沖田は目障りなだけだろう。三十六の若さで沖田がトップに躍り出ただけでも腹が立つだろうに、彼が矢継ぎ早に出してくるアイデアは、バブル期の夢が抜けきらない三浦のような世代にとってあまりに革新的すぎるのだ。

一時間半弱の会議が終わったあと、熱気冷めやらないうちに唯は沖田とともに、ホテル内の老舗懐石料理店で昼食を取った。いま見た場面に感情が昂ぶり、せっかくの懐石弁当も味がまるでわからなかった。

「次の予定までに少し時間があるな。花岡、うちのプレジデンシャル・スイートは見たことがあるか？」

食後のほうじ茶を飲みながら、沖田が訊《たず》ねてくる。興奮が治まらない唯と違い、悠揚としている。

「いいえ、まだ拝見したことはありません」

一泊五十万もする部屋に、いったい誰が泊まるのか。〝見聞広し〟をモットーにしている唯でも、最高級の部屋に伊達や酔狂で泊まれるほどの余裕はなかった。

「それじゃ、これから案内してやろう」

ふたり並んで最上階に向かう途中、沖田は忙しげに立ち働くホテルスタッフに気さくに声をかけていく。今日はどんな客が泊まっただの、仕事のローテーションはうまくいってるかだの、耳に入ってくる会話はどうでもいいようなことばかりだ。

しかし、彼らの誰もが沖田に話しかけられてすぐに笑顔を見せたのは、印象的だった。ホテルの総支配人に直接声をかけられて緊張の面持ち、というのではない。

なごやかな雰囲気でスタッフと話す沖田のフットワークのよさには、なかば感心する思いだった。

おまけに切り替えも早い。つい数十分前の会議室で見た顔とは大違いだ。

「あとでロビーに戻る。コンシェルジュに客の動向を尋ねたい」

「わかりました」

ホテル内部、及び周辺の観光をはじめとしたさまざまな客の相談に乗るコンシェルジュの出来不出来に、ホテルの真価が問われると言われている。唯の目的とする情報とはいささかかけ離れているが、沖田の言うことに頷かないわけにはいかない。

最上階へと通じるエレベーターに乗っているあいだ、壁にもたれて軽く瞼《まぶた》を閉じている沖田の隣で、唯はやや首を傾《かし》げ、ここに来た最初の日、彼に聞かれたことを思い出していた。

『クラヴィア横浜を好きになれるか』

そう訊ねてきた沖田自身、この四角い箱をとても大切にしているのだということは、そばにいてわかった。

二十四時間、常に誰かが動き続ける箱の中でひとは眠り、食事をし、どこかへと出かけていく。ただそれだけのことなのに、どうしてあそこまで真摯《しんし》になれるのだろう。

会議での苛烈《かれつ》な一幕を思い浮かべ、唯はちいさく笑う。

対象がどんなものであれ、情熱を傾けることの楽しさを知っている人間は、男女分け隔てなく好きだった。

逆に言えば、なにが好きか嫌いか、自分のことなのにわからない人間にはちっともそそられない。

剛胆な性格の沖田は、自分がなにをすべきで、どこに向かうべきかをよく知っていると見える。

そう考えると、なおさら愉快な気分になってくる。彼みたいな男の秘密を探り出すのが唯の仕事であり、かつ楽しみでもあるのだ。

彼自身が好きかどうかというのは、この際問題じゃない。相手の器が大きいほど、やりがいがある。そういうことだ。

かすかな振動とともに止まったエレベーターから下りると、ほかのフロアとはまったく異質の空気が唯を待っていた。

足音も吸い込む毛足の長い絨毯からして、一般のゲストフロアと違う。甘い花の香りがひっそりとあたりに漂い、音はなにひとつ聞こえてこない。

「支配人、チェックタイムですか」

正面のデスクから、ほっそりした女性が笑顔で立ち上がる。彼女自身もまた、三階ロビーにいるスタッフたちとは別のスーツを身に着けており、重要な客のみを受け入れるフロア専用の人間にふさわしい立ち居振る舞いだ。その両脇で、かしこまった顔の男性スタッフがふたり、深く一礼している。

「ああ、中に入れるか」

「大丈夫です。今日は空いております」

女性スタッフを先頭に長い廊下を歩き、奥まったところで両開きの扉が開かれた。

「どうぞ」

「来い、花岡」

物慣れた態度で室内に入っていく沖田に続き、唯も進む。

一歩入ったところで、想像以上の光景に息を呑んだ。

贅のかぎりを尽くす、というのはまさしくこの部屋のためにある言葉だ。

アーチ型の大きな窓の向こうに、横浜の街が広がっている。空と海は五月の陽射しにきらめき、ぽつんと浮かぶ観光船がおもちゃみたいに見えた。

広々とした空間の内装は薄い黄色と緑で統一されており、見た目には華やかながらもこころ落ち着く配色だ。

クラヴィアはアメリカ企業だから、もっとシンプルで機能的なスタイルでまとめられているかと思っていたが、たぶんこれはヨーロピアンスタイルなのだろう。

壁に掛けられた絵画は小品ながら質がよく、花瓶《かびん》の置かれた花台やチェスト、ソファ、テーブルも同様に。

リビングから巨大なテーブルが置かれた会議室を抜け、キッチンやバスルームを脇目にベッドルームへと歩いていく沖田のうしろで、唯はスイートルームだけが持つ空気に圧倒されていた。

椅子も時計もクッションも、ひとつひとつが吟味され、選び抜かれた逸品だ。普通に暮らしていたらまずお目にかかれない最高級の品々は、まさにプレジデンシャル・スイートの名にふさわしい。

明るい色彩のベッドルームに入ったところで、沖田が振り返る。

「どうだ?」

尊大な感じで腰に手をあてている男の顔に浮かんだ笑みが、まるで子どものようだったから、つい唯も笑い返した。

「完璧です。……こんなに素晴らしい部屋は見たことがありません」

「そうだろう」

天井を見上げた男につられて、唯も顔を上向ける。クリームベージュのドーム型の天井に描かれているのは、太陽を模した円の中心に、精緻《せいち》を極めた鳥や花や蔦《つた》。

「……この部屋は芸術品です」

インテリアに興味がなかったとしても、この部屋を訪れた者なら誰でも口にするだろう言葉を、唯もため息混じりに呟いた。

見事な彫りが施された天蓋《てんがい》付きのベッドの両脇に、ちいさなテーブルが対称的に置かれている。ベッドカバーはこころ安らぐ薄い緑。その上に散らばるクッションでさえ、計算され尽くした配置なのだろうと思えた。

「完璧です」

もう一度繰り返し、腕を組んでいる男に頷いた。

だが、沖田の笑顔は、先ほどよりもいくらか目減りしていた。

「クラヴィアの数あるホテルのなかでも、ここのプレジデンシャル・スイートはとくに評判が高い。ただ、最近は稼働率が落ちている」

「それはまあ、……そうかもしれません。軽々しく泊まれるような値段ではありませんから」

「俺はこの部屋がクラヴィア横浜の象徴だと考えている。……おまえはさっきの会議内容を全部覚えてるか」

「はい」

「三浦はハイクラスのイメージを落としたくないと言っている。それは俺も同じだ。だが、いまの日本には、一泊五十万もの部屋に泊まる人間はそうそういないだろう」

「残念ながら、そうですね」

唯は頷きながらも、暴力団に貸し出している噂はどうなんだと胸の裡で問いかけていた。

ベッドに腰を下ろした沖田は、長い指先で綺麗な緑のカバーをそっと撫でている。

「いいホテルがどんなものか、追求し始めたら止まらない。ここの総支配人に着任する前にマレーシアやタイのホテルでもずっと考えてきた。ホテルは画一的なものじゃだめなんだ。その土地、空気に合ったスタイルが要求される。マレーシアやタイは開放的な土地柄だったから、内装はもちろん、ホテルスタッフも過剰なぐらい陽気だったんだ。もちろん俺もな」

「そうだったんですか。あまり……想像がつきませんが」

「だろうな」

思い出し笑いをしているのか、沖田は目縁《まぶち》をゆるませながら腕を組む。

この男が明るく振る舞っているところなど、想像しようとしても思い浮かばない。根が暗いというのではなくて、無駄に騒ぐイメージがないのだ。だが、いざとなったらがらりと印象を変えることぐらいやってのけそうだ。

「このクラヴィア横浜に求められているのは、値段か、見た目か、サービスか。花岡、おまえはどう考える？」

「そのすべてです」

ホテル経営学を学んだわけではないにしろ、客の立場で考えたらそう答えるのが正しいだろう。間髪入れずに切り返すと、沖田はちょっと目を瞠《みは》り、笑い出した。

「そうだな。理想の形はおまえの言うとおりだろう。でも、ときにはなにかを切り捨てなきゃいけない局面にぶつかる。いざというときに、おまえは正しい選択肢を選び取れる自信があるか？」

「……それは……」

簡単には答えられない質問だった。

沖田が言っているのはこのホテルにかぎったことだろう。軋轢が生じている首脳陣を抱え、今後の針路に精魂傾ける男が、唯自身に対して深い意味を込めた言葉を言うはずがなかった。

それでも、唯はしばらく考え込んでいた。

フリーライターというほんとうの立場を隠して入り込み、日に日に核心に近づいているいま、その都度正しい選択肢を選んでいるつもりだ。沖田への態度にしろ、秘書という偽りの立場での職務にしろ。

間違ったことはしていない。噂の真相を摑み、好機が訪れたら速やかにここを去る。当初からそのつもりで、たったいまもそう考えている。

理路整然とした計画を再度頭の中でなぞる。だが、以前にはなかった一欠片《ひとかけら》の揺らぎが完璧なアウトラインを邪魔していることに、唯は顔をしかめた。

——俺の取り柄は、決断力、瞬発力だろう。なにをためらう必要があるんだ。沖田を欺き、近づくことはこの計画の基盤じゃないか。

説明のつかない迷いを振り切って、唯は言った。

「自信は、あります。決断力が私の取り柄ですから」

「……言いきったな。上等だ」

満足そうに笑った沖田が身軽な仕草で立ち上がり、大きなストライドで近づいてくる。

「花岡はこのホテルが好きになったか?」

「は?　あ、ええ……はい」

目の前に立たれると、どうにも気迫負けしてしまうようで落ち着かない。

「……さすがにクラヴィアだけのことはあると思います。従業員の教育も行き届いているようですし」

「まあな、アメリカ企業だけにサービスにはうるさいんだ」

「この部屋も、たいしたものですし……」

沖田からあとじさるうちに、呂律《ろれつ》が怪しくなってくる。

ふと振り向けば、背後にはキングサイズのベッド。

男同士なのだからなにも臆《おく》することはないと思っても、変に身体が強張ってくる。

「それじゃ、そろそろ俺のことにも興味を持ち始めたか？」

「はい？」

気の抜けた返答をした隙に一気に間合いを詰めた沖田が、さっと眼鏡を取り上げてきた。

「……なにをするんですか！」

「ちょっとからかっただけじゃないか、怒るなよ」

くつくつと笑う男はあろうことか、顎に指をかけてくる。

ぼやける視界にとまどい、迫ってくる男の顔に鼓動が躍り出す。

こんな展開は予想していなかった。冷静になれと戒めるほど焦ってくる。

「いい目つきをするな、花岡は。——そそられる」

不意打ちを狙うような低い声に、ぞくりとする。

「あなたは……もしかしてゲイ、なんですか」

考えたくはないが、そういう対象として見られているのか。それとない怯《おび》えが声に混じっているることに気づいたのだろう。沖田は目を見開き、可笑しそうな顔をしている。

「いや、違う」

「そうですか、それは失礼……」

しました、と言い終わる前に顎をぐいっと上向けられた。

「俺にとって性別はあまり関係ない。バイといったほうが正しいだろうな」

「なんですって?」

これには、さしもの唯も腰が抜けそうだった。

沖田の性的嗜好まではチェックしていなかった。当たり前だ。そんな個人的なことを記事にする奴はいないだろうし、たとえしたところで、デリケートな問題を興味本位に扱ったとして逆にこっちが世論から叩かれる恐れがある。

——おい待て、悠長にそんなことを考えてる場合じゃないだろう。

「いえ、その、……私は、そういう趣味ではない、ので」

舌を噛《か》みながら答えたのがよほど受けたらしい。沖田は声をあげて笑っている。

「取って食うわけじゃない。俺にも好みがあるんだ」

素っ気ない言葉に、唯は思わずむっとする。

そうかよ、俺はあんたの好みの範疇《はんちゅう》からずれてるってわけだな。

苛立たしげに考えたことを、慌てて打ち消した。

これでは、相手の思うつぼだ。まんまと引きずられていることに舌打ちし、顎をがっしりと捕らえている手から逃れようとした矢先にいきなり抱き寄せられ、くちびるが近づく。

「……っ」

キスされる、と思った瞬間に、ぎゅっと瞼を閉じていた。

だが、想像していた熱はなく、代わりに笑い声が聞こえてくる。呆気《あっけ》に取られて瞼を開くと、沖田はいまにも噴き出しそうな顔だ。

「冗談だ。案外可愛《かわい》いところもあるじゃないか」

「……冗談にもほどがあるでしょう！」

今度こそはっきりと怒りをあらわにし、唯は乱暴に手を振り払った。

「そうだな、俺が悪かった。さ、次に行くか」

まったく悪びれない沖田に深いため息をつくことぐらい、許されるだろう。ずきずきと痛んできたこめかみを押さえつつ、唯も彼を追って歩き出した。


豪華な一室をあとにして、次に連れていかれたのはロビーだった。

コンシェルジュデスクにはにこやかな笑顔の男性スタッフがいて、沖田《おきた》を見ると即座に立ち上がった。

「チェックタイム、お疲れさまです」

「最近なにか変わったことはあるか?」

「いいえ、とくに……あ、いえ、そういえば、少し気になることが……」

額をつき合わせてなにごとか話し合う彼らから少し離れ、唯《ゆい》はロビーを見回していた。

土曜日の今日、天気は上々で絶好の観光日和《びより》だ。週末を利用して横浜《よこはま》観光を楽しもうというひとも多いらしく、十四時を回ったいま、フロントはチェックインするための客でごった返していた。

連日、晴天が続いているせいか、男性も女性も半袖姿が目立ち、陽気な顔をしている。

ベルボーイにベルガールはもちろんのこと、フロントで宿泊手続きを取るスタッフも皆、自分たちに任された仕事を手際よく行っている。

日がな一日、多くの客に接して疲れないのだろうか。カードキーを渡すにしても、荷物を運ぶにしても、すべて流れ作業にしてしまえばもっと楽だろうに、彼らは客ひとりひとりと目を合わせ、笑顔を向ける。その笑顔も機械的なものではなく、ほどよい親近感と礼儀を込めたものだから、客の顔も自然とほころぶ。

ちょっとできすぎだな、と意地悪いことを胸の裡《うち》で考えるも、目に映る光景はつくりものではない。

にぎやかに喋《しゃべ》り通り過ぎていく女性たちのうしろ姿を無意識に追っていると、ふと低い声が聞こえてきた。

「おい、花岡《はなおか》」

振り向けば、沖田が突き立てた親指をくいっと曲げている。その顔に、少し前の危うさは微《み》塵《じん》もない。

「なんでしょうか」

「ラウンジで最初に会ったとき、紅茶がまずかったとか言ってたな」

前置きなしに問われ、頷《うなず》く。

「それがどうかしましたか」

「どうしたというわけじゃないんだが……」

脇に立つコンシェルジュとちらりと視線を合わせ、沖田は肩をすくめた。

「ここ立て続けに何件か苦情が届いてるらしい。全体的に味が落ちているってな」

「テナントもですか?」

昼食を取った懐石料理をはじめ、クラヴィア横浜には食の有名店がいくつかテナントとして入っている。

「そっちは別だろう。テナントのほうはそれぞれ別のシェフがいるからな」

「だとしたら……」

言いかけた唯に、沖田が難しい顔で頷く。

「ああ。うち独自で管理している味のほうに問題があるらしい」

コンシェルジュを訪ねて客が近づいてきたのをきっかけに、そろって歩き出した。

「……少し前からこの手の苦情は届いていたんだ。総料理長の橋田《はしだ》が杜撰《ずさん》な管理をしているらしいっていうのは、スタッフからも聞いていた」

「会議でもそんなことをおっしゃってましたね。なんとかできないんですか？」

「無理だろうな。橋田とはこのあいだ揉《も》めたばかりだ」

「七十万円プランの……、婚礼料理の一件ですか」

ロビーの喧噪《けんそう》から逃れ、ふたりは仕切りで区切られた公衆電話が並ぶ一画に来ていた。世間に携帯電話が浸透しきったいま、わざわざ公衆電話を使うひとも少ない。あたりはまるで人気がなかった。

沖田が身体を近づけ、囁《ささや》いてくる。

「知ってるか？　橋田は三浦《みうら》がクラヴィア横浜オープン時に連れてきた奴だ。最初の一年はまあまともだったらしいが、二、三年前からめっきり手を抜くようになった」

「……なぜですか」

身内の醜聞を語っているだけにおのずと声もちいさくなるのだろうけれど、沖田の声が熱を帯びて鼓膜に響くのに困惑し、唯はそっと一歩下がる。

そうすることで、個室になったボックスに押し込まれた形になってしまったことにも、つい数十分前と同じ場面に陥りそうになることにも、気が回らない。

ラウンジの一件は、確かに引っかかっていた。

クラヴィアで出す味にしては、あれはレベルが低かった。たかが紅茶とはいえおろそかにすれば、管理意識が欠落しているとして悪評が立つこともある。サービスを売り物にしているホテルにとっては、大きなダメージになるだろう。

なぜ、ここまで明かすのだろう。内部分裂を裏付ける新たな情報に気が逸《はや》る反面、彼がなにを考えているのかが気になって仕方ないのだ。

沖田は「わからないか?」と笑うだけだ。

「わかりません」

「花岡らしくないな。……まあいい。前の支配人が異動になった際、三浦は自分がトップになると信じ込んでいたらしい。橋田がいい加減になったのは、俺が支配人になってからだ。これが意味するところは、ひとつだけだろう」

「あなたの評判を落とすためですか」

「ああ」

短く言って、沖田は間仕切りに寄りかかる。

「スタッフの信頼は勝ち得ていても、首脳陣をまとめることができない俺は無能な支配人か、花岡」

長い足を交差させて立ちふさがる沖田と向き合い、この場をうまく切り抜けられるような表現を探したが、頭の中は立て続けの出来事に目下取り込み中。適当な言葉は生憎《あいにく》と見つからなかった。

なにを混乱しているのか、自分でもわからなくなってくる。

「さっき、おまえは言ったな。ホテルの必須条件は値段と見た目とサービスだと。それに、もうひとつ欠かせないものがあるんだ。おまえなら知りたいだろう？」

断定的な声音を訝《いぶか》しく感じたが、聞かずにはいられなかった。

いつでもそうだ。知りたがりの性格は、きっと永遠に直らない。

たとえ、素性がばれているのかもしれないというこの状況においても、好奇心に駆られて口走ってしまうのだ。

「教えてください」

唯が一歩踏み出したのと同時に、沖田は口の端をつり上げる。

その笑い方にほんの一瞬、彼に近づいたことを後悔した。自分の手には負えない、そんな気がしてならなかった。

「期待を裏切る。それが俺とこのホテルの信条だ」

吐息がかかるほどの距離で射抜かれ、不覚にも意識がぐらりと揺れる。

豪勢な部屋にいたときにも味わった感覚が唯を翻弄《ほんろう》する。

この感情の揺らぎと、あざやかな火花が散るような眼差しには覚えがあった。

男の笑顔に動揺させられるのは、これで二度目だ。


納得できない思いを抱えたまま、自宅に戻るのは嫌だった。

いつもだったらまっすぐ家に帰り、その日収穫した情報を洗いざらいデータ化するのだが、今日はそういう気分ではない。

どこかで呑《の》んで帰るか、どうしようか。誰かと話したい気がするのだが、この時間帯、一日のうちでいちばん忙しくしている同業者がつかまるとは思えない。第一、会ったところでなにを話せばいいのか、唯自身わからなかった。

二十一時過ぎの電車は帰宅客で混み合っている。揺れる吊革《つりかわ》にぶら下がり、車窓に映る自分の顔をぼんやり眺めた。

身体は疲れていないと思うけれど、薄暗い窓に映る顔がそれを裏切る。季節はずれの亡霊のように頼りない顔は、この数か月でいくらか頰《ほお》が削《そ》げたようだ。

一日のスケジュールを消化しても、沖田は次のウエディングプランを練ると言い、「花岡はもう帰れ」と帰宅をうながしてきたのだった。

言われたままホテルを出てきたが、やっぱりどこか落ち着かない。

そうこうしているうちに、電車は自宅最寄り駅に着いてしまう。

改札を抜けたところでしばし考えてから、自宅とは反対方向にあるフレンチレストランに寄っていくことにした。

大通りから一本奥に入ると、表の喧噪が嘘《うそ》のように思える静けさが広がる。

住宅街のちょうど真ん中あたりにある、瀟洒《しょうしゃ》な店の灯りは半分落ちていた。

「こんばんは、倉下《くらした》さん。まだ食べるものある？」

声をかけながら扉を開けると、オープン型の厨房《ちゅうぼう》で鍋を洗っていた髭面《ひげづら》の男が「お、花岡くんじゃないか。久しぶり」と笑顔を向けてきた。

「いまさっき閉店したとこなんだよ。コースはもう終了しちゃったけど、賄《まかな》い食ならあるよ。俺もこれから食べるんだけど、一緒にどう?」

「いいね。お言葉に甘えていただきます」

唯はほっとしてジャケットを脱ぎ、綺麗に片づいたテーブルのひとつについた。

洒落《しゃれ》ていて、居心地のいい家庭的なフレンチレストランができたのは一年前ぐらいのことだ。手軽な値段で、驚くほど旨《うま》いものを食べさせてくれる。

住宅街の中にひっそりあるせいかあまり話題になっていないようだが、口コミで人気がじわじわ広がっているらしい。唯もちょくちょく通って常連となり、シェフの倉下光昭《みつあき》とも親しくなった。

「今日はもうみんな帰ったの?」

がらんとした店内を見回しながら、倉下が出してくれたグラスワインを口に含んだ。いつもなら彼のほかにシェフがもうひとり、ウエイターが三人ほどいるのだが、今夜は誰も見当たらなかった。

「うん、残ってるのは俺《おれ》だけ。ちょっと仕入れの計算もやっておきたかったからね」

四十代前半と思《おぼ》しき倉下はざっくばらんな人柄で、話しやすい相手だった。唯がフリーライターだと打ち明けると、興味津々《しんしん》な顔であれこれ訊《たず》ねてきたのがきっかけで、店が閉まったあともこうして賄い食を食べさせてくれることがよくあるのだ。

「お待ちどおさま。今日の賄い食は近江《おうみ》牛のべっこう煮とご飯ね。みそ汁も食べる？　浅蜊《あさり》でつくったんだけどさ」

倉下が次々に出してくる料理に、意地汚くも腹が鳴りそうだ。小皿に盛られた牛肉は白い湯気を立ち上らせ、こっくりとした飴《あめ》色《いろ》に染まっている。

「食べる食べる。腹減ってるんですよ。でもさ、フレンチでべっこう煮なんてめずらしいね」

「たまにはこういうのも食べたくなるだろ。牛のアキレス腱《けん》がちょっとあまっちゃったんでさ、昨晩からことこと煮込んでたわけよ。七味振ると旨いよ」

「ありがたくいただきます」

長時間煮込まれ、やわらかくなった肉を頬張ると、口の中でとろりととける。近頃、素っ気ない食事が続いていただけに、ことさらおいしく感じる。

「……ほんとだ、旨い……」

もぐもぐと口を動かす唯に、正面に座った倉下が大きく頷く。

「だろ。やっぱり日本人は米を食わないとだめだよな」

「だね」

互いに顔を見合わせて笑った。

「最近、仕事どうよ」

「まあまあ。ここ最近は結構バタバタしてて落ち着かないよ」

「スーツなんか着ちゃってどうしたのかと思ったよ。いつもだったらぼさぼさ頭で来るのにさ。なんか取材？」

「そんなところ。倉下さんはどうですか。ちゃんと客入ってる？」

「当たり前だよ、俺がつくってるんだぜ」

でもよ、と倉下は渋面をつくって、顎髭《あごひげ》についた米粒を取っている。

「万が一味が落ちたら正直に言ってくれよ」

「言ったらなんか得するの？」

「賄い食を一週間タダで食わせてやる」

「じゃあいま言う。まずい」

「嘘つけ。さっき旨いって言ったばっかだろ」

ハハハと笑い、唯は浅蜊のみそ汁をすすった。

他愛ない会話を交わすだけで、胸を覆う靄《もや》が薄れていくようだった。すべて解消されるわけではないにしろ、誰かと話していると気がまぎれた。

職業柄、唯は見ず知らずの人間と話すことに慣れていたが、倉下の親しみやすさはかなり特別な部類に入る。

腕のあるシェフとして、きっとあちこちの店で働いてきたのだろう。客の顔もきちんと見るし、料理の味は言わずもがな。なぜ、こんなちいさな店に雇われているのか不思議なぐらいだ。

それを以前訊ねたときに、倉下は可笑《おか》しそうな顔で、「取材したいのか？」と笑っていた。

唯にしても、仕事ではないからそれ以上突っ込まなかったけれど、たぶん、どこかのホテルに勤めていたんじゃないかと憶測している。

「ああ、旨かった。ごちそうさまです」

「もう一杯ワイン呑むか」

「いただきます。……いつもすみません」

「お、今日はいつもと違ってなんだか殊勝だねえ」

悪びれない倉下には苦笑するばかりだ。

灯りを絞った店内で、とりとめのないことを喋った。最近話題のニュース、お互いの仕事について。

ワインを呑みつつ、あれこれと話しているうちに、唯はふと思いついて訊ねてみた。

「奥さん、元気ですか？」

「元気元気。あっちも仕事が忙しいらしくて、ここ最近は家に閉じこもってるよ」

「売れっ子の翻訳家さんだもんね。俺もこのあいだ、典子《のりこ》さんが翻訳したイギリスのミステリ、買いましたよ。すごくおもしろかった」

「そりゃよかった。あいつにも言っておくよ」

愛妻家の倉下は相好を崩し、機嫌よくワインをついでくれる。

倉下の妻である典子は人気の翻訳家だ。以前、なにかのついでにそう聞いて、唯も数冊読んでいた。この店に移ってくる前にいたレストランで倉下はやはりシェフとして腕を振るい、客のひとりである典子と親しくなったのがなれそめらしい。

「そういえばさ、典子さんをいいなと思ったきっかけって、あるの」

「ああ? あるよ、そりゃ。なんだよ、今日の花岡くん、ホントに妙だね。なんか悩んでんの?」

「いや、そうじゃないよ。……ほら、前に言ってたじゃないですか。典子さん、店の客だったんでしょう? どんなところに惹《ひ》かれたのか、どんなふうに親しくなったのか気になってたから、いつか機会があったら聞いてみようと思っててさ」

わけのわからない焦りが生じて後半は急《せ》いた口調になってしまったが、倉下はとくに突っ込んでくることなく、「ウーン、そうだねえ」と黒々とした髭で覆われた顎を撫《な》でさすっている。

「どこに惹かれたか、ねえ……。強いて言えば、目かな」

「目？」

「そう。あいつ、小柄で一見おとなしそうな感じなんだけどさ、目の力が強いんだよね。話してるとつい引き込まれるような目って、ああいうのを言うんだなあと思ったよ。口にしない感情が全部目に出るんだよ。あれを見てるだけで楽しい。そうと気づいたらいてもたってもいられなくて、俺は早々に結婚を申し込んだね」

「言うねえ」

くすりと笑いながら眼鏡《めがね》をはずす。疲れた目に、縁取りやわらかな灯りが優しい。

向かいに座る倉下がはっきり見えないけれど、別段気にすることではなかった。もともと視力は悪いのだ。

そういえば、これとまったく逆の感覚を味わったことがつい最近あったっけ。自分らしくもなく、苛々《いらいら》したあのおかしな感覚。

ぐらぐらとする酔いに入り混じる不安の輪郭が明確になる前に、倉下が再び口を開く。

「こういう商売してるとさ、毎日相当の客を見るんだよ。綺麗なのもそうじゃないのもたくさん。でも、ああいう視線にはめったにお目にかかれないね」

「へえ、……そうか……」

グラスを弄《もてあそ》び、唯は一向にまとまらない考えに身を浸していた。久しぶりに呑んだことで、あっさりと酔ってしまったらしい。頭をことりと横に倒すと、身体も揺れる。

「視線、ね。なるほどね……」

「その口ぶりじゃ、誰か気になるひとでもできたみたいだねえ」

「俺に？」

え、と身体を起こし、唯は目を瞠《みは》った。思わぬ方向から飛んできたボールに、後頭部をガツンとやられたような衝撃だった。

「まさか」

「いや、そうだろ。たいていこういう話を持ちかけてきたら、十中八九恋の相談が始まるもんよ。花岡くんみたいに仕事一辺倒の人間はさ、誰かに夢中になったらなにもかも放り出して突っ走っていきそうだよなァ」

「またもう。勝手なこと言ってるね。そんな暇《ひま》ないよ」

「暇があるとかないとか、ひとを好きになるのに関係ないだろ」

「関係あるって。いまはそれどころじゃないよ」

投げやりに答えながら、倉下のグラスにワインをついだ。年甲斐《としがい》もなくふてくされる自分を、倉下は愉快そうに笑っているだけ。

見えないボールがあたったショックはなかなか引いていかない。

誰かを意識しているのだろうか。そうだとしたら、誰なんだろう。

けっして人嫌いする性格ではないにしても、ここ数年、そういう感情とは無縁の日々を送っている。いみじくも倉下が言ったように、尽きぬ好奇心を満足させてくれるのは仕事だけだったからだ。

遅くまで居座ってしまった無礼を詫《わ》び、自宅に向かう唯の足取りはのろのろとしていた。

最近、そんな出会いがあっただろうか。いや、ない。女性と会話を交わすことは多々あったとしてもすべて仕事を挟んでいたから、理性が奇妙な横滑りを起こすことはなかった。

それなら、いったい誰にもどかしさを感じているのか。

今日まで出会ったひとの顔が貼《は》られた記憶のアルバムをぱらぱらとめくりながら、マンションに辿《たど》り着いた。

膨大《ぼうだい》な数の人間には女もいるし、男もいる。おとなも子どもも老人も。唯はポケットから鍵《かぎ》を取り出し、あいつにこいつ、と数え始めたところで苦笑し、頭を振った。

最後の名前が喉元《のどもと》で引っかかって出てこないのが、臆《おく》しているせいだとは断じて思いたくない。たとえそうだとしても、認めるのなんてまっぴらごめんだ。

もういい、考えるのはやめておこう。酔っぱらっていると、ろくなことを考えない。早いところ部屋に入って風呂に浸かって、さっさと寝てしまおう。そうすれば、明日の朝にはまたいつもどおり。今日の悩みなんか薄れてしまうはずだ。

――つまらない言い訳するなよ。ほんとうは、とっくにわかっているんだろう?

酔いきれずに醒《さ》めた意識の一部がしたり顔で指摘してくるのも無視して、扉を開く。

もし、ほんとうに誰かに惹かれていたとしても、相手は絶対に女性だ。俺が男なんだから、そうに決まってるじゃないか。

ふいに、外の通りから激しいクラクションが鳴り響き、唯はびくりと身体をひきつらせた。酒で鈍化した思考を揺さぶる音を引き金にして、こころのアルバムが今日の日付を書き込んだページを強引に広げ、見せつけてくる。

突き刺さるような視線がフラッシュバックのように甦《よみがえ》ってくる。

いくらなんでも、あり得ない。あいつに近づいたのは仕事のためであって、胸を揺さぶる感情とはかけ離れているはずだ。だいたい、あいつは男じゃないか。女だけじゃなくて、男にも興味があるとか、バイとかなんだとかふざけたことをぬかしやがって――。

だが、あんなに強い視線を意識の深いところにまで擦り込んできたのは、ほかに誰ひとりとしていない。

過剰なまでに知りたいという好奇心が、いつの間にかスライドしていたのだろうか。

昼間、あともう少しでキスされそうになった場所を押さえて、唯は茫然《ぼうぜん》と立ち尽くした。

自分のことなのに、もうわからなかった。

でも、それも嘘だと知っている。ほんとうはよくわかっている。

沖田恭一《きょういち》、とくちびるはその男の名前を刻んだけれど、声にならなかった。

「なんだ、今日はバカに顔色が悪いな」

「……そうでしょうか。ご心配をおかけして申し訳ございません」

努めて平静なふりを装い、唯はうつむいて手帳をめくる。気のせいか、沖田の視線がいつもより長々と張り付いているように思えて、顔を見ることもできなかった。

昨日の晩は一睡もできなかった。突拍子もない妄想は風呂に入っても酒を呑んでも追い払えず、ついには仕事部屋のコルクボードからも彼の写真をすべて剝《は》がして引き裂いた。そうすれば、少しは落ち着くかと思ったのだ。だけど、いくらも経たないうちに落ち着かなくなり、結局また刷り出して、貼り直した。

部屋の電気も点《つ》けず、モニタの明かりだけで見た男の顔。それと寸分違わない視線がいま、いささか不審そうに自分を見ている。

俺は意識しているのだろうか。仕事の対象としてだけでなく、別の意味で——あのプレジデンシャル・スイートがきっかけなんだとしたら、まんまとこいつの策にはまってるだけじゃないか。

こめかみを締め付けるような痛みから逃れるために、鎮痛剤を水なしで飲み下したのが三十分前。

そろそろ効いてくれたっていいだろうと自棄《やけ》気味に考えながら、沖田にいつもどおり一日の予定を伝えた。

「……十八時から、ドイツのホテル・コンラッドとの定例晩餐《ばんさん》があります。本日は以上です」

「その定例晩餐にはおまえも出ろ」

唐突に言われて頷きかけたが、次の言葉には心底仰天してしまった。

「今日の晩餐会はいつもと違う。ブラック・タイのパーティだからタキシードを着てくれ」

「タキシード、ですか？　いや、ですが、私はそんなものは……」

持っていないし、用意してこいとも言われていない。なのに、沖田は「仕方ないな。それじゃ、ブライダルサロンで借りてこい」と淡々とした調子で返してきた。

スーツだってうんざりするのに、さらに堅苦しいタキシードときたら、完全にお手上げだ。

　ここでノーと言えたら、どんなにいいか。だが、晩餐会にだってネタが転がっているかもしれないと考えれば、断ることもできないのだ。返す返すも、好奇心の強い性格に生まれたことが呪《のろ》わしい。

　やむを得ずに唯はブライダルサロンへと向かい、結婚式用のレンタル衣装からタキシードを借り受けてきた。

「支配人の言いつけで急遽《きゅうきょ》出席することになってしまったんです。今夜の晩餐会用にお借りできませんか」と言うと、サロンスタッフはにこやかに唯のサイズを聞き出し、「これがお似合いになるかと思います」とチーフから靴までそろった一式を渡してくれた。

　十七時を過ぎ、支配人室内にある寝室を借りてタキシードに着替える頃には、頭痛もすっかり治まっていた。

　この支配人室は、ゲストルームのひとつを転用したものだと以前聞いたことがある。バスルーム、ベッドルームとそろっている部屋で沖田は寝泊まりすることもあるのだろうが、毎日、スタッフたちの手によってきちんと手入れされているだけに生活感は薄い。

　だけど、香りはかすかに残っている。

　ぴしりとメーキングされたベッドを目の端に映し、唯はじわじわと熱くなる耳から意識をそらそうと必死だった。

俺はいったい、なにを考えているんだろう。生まれつき潔い性格だと自認していたけど、これじゃ潔いどころか、気が狂ってる。

もたもたとグレイのアスコットタイやカマーバンドを身につけた。タキシードに合わせるシャツにいたっては普通のボタンと違い、バネ式のスタッドボタンだ。慣れない服装に悪戦苦闘し、しまいには額に汗が浮かんできた。

「花岡、準備できたか？」

「──は、はい！」

聞こえてきた声に慌てて答えると同時に、寝室の扉が開く。

「早くしろ、もう時間だ」

ずかずかと入り込んでくる沖田はすでにタキシードを身に着けていた。

立襟の白シャツに、唯と似たようなグレイのタイを締めている。ジャケットの袖口にのぞくのは、黒曜石でできたカフリンク。黒い石をじっくり見ると、鋭利な青いかがやきが少しだけ混じっている。黒曜石のなかでも、とくに希少価値の高いものだ。

そして、自分と明らかに違うのはフルドレスの装いに物慣れた態度だ。

結婚式でもあるまいに、ここまで着飾る必要があるのか。意地悪く考えようとしても、沖田の隙《すき》のない着こなしは文句のつけようがなかった。胸に差したスクエアチーフの角度も完璧だ。

一瞬見惚《みと》れたあと、急いで顔をそらした。

見惚れた、なんていうのはなにかの間違いだ。耳が熱いのだって、空調がおかしくなっているせいだ。

自分に言い聞かせる言葉がどれだけ空しいか、あらためて考えている暇などない。

「タキシードを着るのは初めてか？」

からかうような口調で近づいてきた沖田が、ベッドの上に転がるカフリンクを取り上げる。彼のそれとは違い、唯が借りてきたのは黒蝶貝でできたものだ。

「はめてやろう」

いきなり右腕を摑《つか》まれ、驚いた。

「結構です」

「利き腕にちゃんとはめられるのか？」

「自分でやります」

むりやり奪い取ったカフリンクをダブルカフスに通そうとしても、汗ばんだ指先ではうまくいかなかった。

苛々しているのが伝わったのだろう。沖田が可笑しそうに笑いながら、「無理するな。貸してみろ」と言う。

渋々とカフリンクを渡し、ついでに右腕も差し出す。

「今日の晩餐会でどんな客が集まるか、興味があるか？」

「はい」

ときおり、手の甲をかすめるようにして触れる指を見ていると、さまざまなことを隠し通さなければいけない立場であることを忘れそうになってしまう。

ご大層なことを口にする奴は星の数ほど見てきたけれど、それを実践する人間はいたって少ない。

もし、ほんとうに沖田がそういう男なのだとすれば、一時的に目が眩《くら》んでいるだけだ。絶対にそうだ。そうでなければ、この動揺に説明がつかないではないか。

天井の灯りを受けて、彼の影が覆い被《かぶ》さってくる。そのことだけでも神経をささくれ立たせるには十分で、平常心を保とうと躍起になっている唯に気づいたのか気づかないのか。カフリンクを留めた沖田は薄く笑い、ジャケットを放って寄こす。

「晩餐会のメンバーにどんな印象を受けたか、あとで聞かせてくれ」

スタッドボタンもカフリンクもきちんとはまっているけれど、気持ちだけが微妙にずれている。その原因は間違いなく沖田にあるのだが、加速させてしまったのは自分だ。

「……わかりました」と答えながら、唯は右の手首で上品な艶を揺らめかせる黒蝶貝を見つめていた。

クラヴィア横浜で最大面積を誇るホールを使った晩餐会は、予想していた以上に大規模なものだった。

これまでに何度か、企業のセレモニーやパーティに取材で入ったことがあるが、沖田が催したものはゲスト同士の交流をメインにしたものらしく、お決まりの堅苦しさは感じられない。だが、別の意味での窮屈さはあった。

ホールに集ったひとびとの半分以上がヨーロッパからのゲストらしい。こうした晩餐会に慣れている彼らの物腰は自然で、まぶしいシャンデリアが色とりどりのドレスや宝石、タキシードのショールカラーを浮かび上がらせる光景に、唯はしばしぼんやりとした。

子どもみたいなことを言うつもりはないにしろ、こういう景色は映画や小説のなかにしかないものだと思っていた。

自分がその世界に属していないだけで、選ばれたひとだけが集う場所というのは確かにある。笑いさざめくひとびとのなかに、沖田もいた。彼もまた、きらびやかな光景に埋もれない人間のひとりだ。

ゲストと次々に挨拶《あいさつ》を交わす彼のうしろをついて回る唯は、無駄な口を挟まず、彼らに会釈するに留めた。そのかたわら、誰が来ているのか、見知った顔はいないかと探すことに集中した。

「……去年のヨーロッパ・カップでの成績が結構よかったでしょう。あれでもう少し調整がきけばね」

「今度はなんとかなるかもしれないな。ただ、イタリア勢も奮闘してるらしいから、ぎりぎりまでわからないけど」

すぐそばを、堂々としたタキシードに身を包んだ日本人男性があれこれと喋りながら歩いていく。

慣れない場所に放り込まれて緊張するのも、最初の三十分だけである。生のオーケストラが奏でるワルツに踊り出すひとびとに目を丸くしながら、あたりから聞こえてくる会話の端々を耳に留め、ボーイが手渡してくれたカクテルを口に含んだ。

ジャケットのまっすぐなラインを崩さずにゲストと話す沖田の背中を見ているうちに、本来の目的がなんだったのかを思い出す。

彼に近づいたのは、仕事のためだ。ゴシップ混じりのものからクラヴィア横浜の命運を握る

ものまで、沖田にまつわる噂《うわさ》の幅は広い。

——俺はその確証を摑みにきたんだろう。つまらないことに気を取られている場合じゃない。長いことそばにいれば、暗渠《あんきょ》にはまり込んでしまう可能性が高くなるばかりだ。

その暗渠の正体が、身元がばれることなのか、それとも沖田自身に抜き差しならない感情を抱くことなのか、いまこの場で冷静に判断することはできない。

余計なことを考えるな。意識するのもしないのも、すべては自分しだい。制御できるはずだ。

そう考えて、軽く頭を振ったときだった。近くを通り過ぎた一団に目が吸い寄せられるのと同時に、沖田が隣に立つ。

「どうだ、楽しんでるか？」

「ええ、それなりに」

型どおりの質問によそよそしく答えて、唯はいましがた歩き去った集団に向かって顎をしゃくる。

「今夜の晩餐会は、再来年のドイツでのワールドカップに向けたものですか？」

「なぜそう思う」

ボーイが掲げる銀のトレイからカクテルグラスを取り、沖田が鋭い視線を向けてくる。

だが、唯は怖じけなかった。好奇心が先走っているとき、意識はその方向のみに向かい、以外のことはどうでもよくなるのだ。

「いま通った男は確かＦＩＦＡの関係者たちです。それも幹部クラスの。……あそこにいるのはドイツチームの監督と選手だし……よくこの時期にこれだけのメンバーを呼べましたね」

「まあ、それも仕事のひとつだからな」

笑いながらカクテルをすする男の人脈、力というものを目の当たりにし、無関心を装うことはできなかった。

これだけ感情の振り幅が激しいと我ながら疲れるが、知りたいという誘惑にはやはり負けてしまう。すぐそばのソファに腰を下ろした沖田が手招きしてくるのに従い、少し距離を空けて唯も腰掛けた。

「もしかして、ワールドカップ合わせで日本からドイツへ客を送り込むための交流ですか？」

「ああ、クラヴィアは昨年ベルリンに進出したばかりなんだ。うちはアメリカに母体があるだろう。ヨーロッパでの知名度はまだ低いんだ。クラヴィア幹部は、今度のワールドカップを機に、ヨーロッパの有名ホテルの仲間入りをしたいと考えてる。そのためにも、関係者とのパイプを太くしておくことが必要なんだ」

「なるほど」

外資系企業ともなると、仕事の幅も想像以上に広い。開催国と協力し、観光客を送り込もうと沖田たちが考えるのも不思議ではない。

ワールドカップという世界中が注目する大イベントならば、それに関わる企業で動く金も巨額だ。ＦＩＦＡが一手に握る観戦チケットしかり、開催国ドイツが世界中の客を迎えるための各施設しかり。一介のフリーライターである唯の立場では知り得ない、政府レベルでの協力もむろんあるはずだ。

もしや、ここになにか秘密があるんじゃないかと勘ぐっても、パステルブルーのヴェルヴェットに金糸の刺繡《ししゅう》を施したソファに座る沖田はおもしろそうな顔で、綺麗なカクテルを揺らしているだけ。

艶のある黒のタキシードにピンクカクテル。あざやかな色の取り合わせにも負けない沖田の精悍《せいかん》な相貌《そうぼう》を見ていると、再び落ち着かなくなってきそうだったから、むりやり目をそらした。

政治家と昵懇《じっこん》の仲だというのは確かなのだから、この機会に乗じて秘密裏になにか行っていそうだが、いまのところそれを裏付けるような証拠はなにひとつない。

結局、摑めたのは内部紛争のネタだけなんだろうか。

ふと視線をずらすと、踊るひとびとの向こうを見覚えある顔がよぎる。

ちょうどいいタイミングで沖田にゲストが話しかけてきたこともあり、唯は「ちょっと失礼します」と立ち上がった。

男もタキシードを着ていたが、艶やかなひとびとのなかではまったく目立たなかった。

「加藤《かとう》さん、いつ出張からお戻りになったんですか」

声をひそめて話しかけると、驚いた顔で振り返った加藤は、すぐに腹立たしそうな態度を剝《む》き出しにする。

「すっぱ抜きはどうなったんだ？　ずいぶんのんびりしているじゃないか」

「機会は狙《ねら》ってます。ただ、いまのところ怪しい様子はないんですよ」

「なにがなんでも見つけろよ。それがおまえの仕事だろう」

無茶なことを言いつつ、ひと目につくことを恐れているような気配を加藤から感じ、唯は苦笑いしながら背を押した。

柱の陰に移動し、ホール中央で数人のゲストに囲まれて談笑している沖田の様子をそっと窺《うかが》う。ここならば気づかれることはないだろう。

「どこに行かれていたんですか？」

「おまえには関係ないことだ」

「そうですか」

自分よりもわずかに背が高い加藤はカクテルをぐっと飲み干し、濡《ぬ》れた口元を拭《ぬぐ》っている。

その仕草に、品のない男だなと思わずにはいられなかった。

くる。

沖田と並んで立っていたときはそれなりの威厳があるように思えたけれど、こうしてみると薄っぺらい印象だ。自前のタキシードなのだろうが、やけに安っぽく見えた。

斜な視線で見られていることにも気づかず、加藤が眼鏡の下の目尻《めじり》をつり上げて詰め寄って

「ぐずぐずしてる暇はないんだ。あと一、二週間でなんとかしろ」

「そう言われても、確証を摑まない以上記事にすることはできません」

「でっち上げればいいじゃないか。関係者筋から聞いたとかって、雑誌にはよくあるだろう」

「……あのですね、加藤さん」

ため息をついて、唯は眼鏡を押し上げる。まるで現実離れしたことを平然と言う男が、どうして沖田の下で働いているのか、いまもってよくわからない。

「読者は馬鹿じゃありませんよ。情報の出所元が不明な記事は信憑性《しんぴょうせい》に欠けるんですよ。そりゃ最初の一回は食いついてもらえますがね、その後も続けるとなったら、読者ははっきりした裏を求めます。もちろん、出版社側もね。でっち上げなんてやったら、最終的に訴えられるのはこっちですよ」

ゆっくりと言い聞かせてやったが、加藤には理解できないようだった。

「それぐらいできないのかよ。特ダネ屋なんて嘘じゃないのか?」

「そういう加藤さんはなにかご存じじゃありませんか。俺が潜入してわかったのは、内部紛争ぐらいのものですよ。あなたなら二年近く彼についてるんだから、ひとつやふたつ、知っているでしょう？」

こっそり囁くと、加藤はちらりと視線をよこす。その意味ありげな目に興味を覚え、「なにかあるんですか」と畳みかけてみた。

「俺がこの話を持ちかけたとき、あなたは早々に乗ってきましたよね。沖田さんに反目してるんですか」

「ああ。そうじゃなかったら、得体の知れないおまえの話なんかに乗るわけがないだろう」

こいつも言うときは言う。可笑しくなって、唯は「どんなことですか」と訊ねた。

加藤はためらった様子で二度、三度まばたきしたあと、近づいてきたボーイからカクテルをもう一杯受け取る。

「……少し前に会議で三浦副支配人と会っただろう。彼と沖田総支配人のあいだに軋轢《あつれき》が生じているのはほんとうなんだ。三浦副支配人は、クラヴィア横浜のオープン時からここにいたひとだ。いつかは総支配人になるだろうって噂されていたが、途中で横入りしてきた沖田がその座を奪いやがった」

横入りとはまた、幼稚な表現をするものだ。噴き出しそうになるのを必死に堪《こら》え、唯は話の先をうながす。

「沖田の手腕は認めるよ。赤字続きだった業績を一気に逆転させたんだからな。だが、あいつはやることなすことワンマンすぎる。格式高いクラヴィアのイメージを台無しにするような安っぽいウエディングプランを立てるばかりか、総料理長の橋田さんを無視して婚礼料理をつくって、首脳陣の沖田離れに拍車をかけているんだ。このままじゃクラヴィア横浜は、そこらのホテルとなんら変わりなくなるだろう」

「そうかもしれませんね」

「俺もいい迷惑をしてるんだ。もともとは宴会部の部長だったんだが、二年前にいきなりあいつの秘書に呼び立てられたんだ。そのときの俺の気持ちがわかるか？　宴会部と言えばホテル内部の重要部署だぜ。なにが悲しくて、沖田の鞄《かばん》持ちなんかやらなきゃいけないんだ」

憤然とした口調の加藤が、次々とカクテルを飲み干す。

想像するに、沖田は加藤の能力を見切って宴会部の部長から降ろしたのだろう。だが、なぜ自分の手元に置いたのかはわからない。

「あいつはあまりにも強引すぎる。俺たちが気づいていないと思ってうしろめたいことをやってるって噂もあるし——」

「政治家とのつながりですか？」

「ああ、このあいだ週刊誌にすっぱ抜かれたときはさすがにちょっとした騒ぎになったぜ。それと、内々に暴力団をプレジデンシャル・スイートに泊まらせてるっていう話もあるらしい」

「ねえ加藤さん。その話ってどのへんまで信じていいんでしょうかね」

首を傾《かし》げると、加藤は陰湿そうな目つきを向けてくる。

「そんなのは自分の目で確かめろ。俺はただそういう話を聞いたってだけだ。情報集めっていうヤバイ仕事がおまえの本業なんだろ」

嫌みたらしい笑い声に、唯は悠然と微笑《ほほえ》み返す。

見かけ倒しの男になにを言われたところで、痛くも痒《かゆ》くもなかった。

だけど、やっぱりな、と残念に思う。加藤も誰に聞いたか知らないが、沖田にまつわるあれやこれやはデマの域を出ていないようだ。

三浦と加藤につながりがあったことを知ったところで、それ以上の収穫はなし。

ため息をついていると、加藤が肩を軽くぶつけてきてにやにや笑う。

「ま、全部をおまえに任せきってるわけじゃない。こっちでも沖田を退陣に追い込む計画を練ってるんだ。それを確実なものにするために、どうしても派手なネタが必要なんだ。いざとなったらでっち上げでもなんでもやってくれよ、頼むから。あいつのイメージが壊れりゃ万々歳なんだ。なんだったら金も都合する」

「遠慮しておきますよ。それよりも退陣、とはね。また思いきったことをしますね」

穏やかではない言葉に内心ぎくりとしながら、唯は冷静な表情を取りつくろった。

「一か月以内に緊急会議を開いて、沖田の総支配人解任を要求する段取りになってる」

「リコールですか」

「そんなところだな。クラヴィア横浜の要職に就いている奴の三分の一の賛同が得られれば、あいつを失職させられる。俺は三浦副支配人の命を受けて、署名を集めてるところなんだ。まだしばらくは出張でいないこともあるが、そういうことだからあとはよろしく頼む」

「沖田支配人が気づく恐れはないんですか?」

「俺は第一秘書だぜ?　そういうことからも、沖田が俺をある程度信用してるってのはわかるだろ。新しいプランは打ち出せても、ひとを見る目がないとしか言えないな。今回の出張だって二つ返事で了解したんだ」

それこそ、まさかというものだ。出張を了承したのには、加藤ひとりがいなくなったところで自分の仕事に支障をきたすものではないと判断したからだろう。

彼らの企《たくら》みに、あの男がこれっぽっちも感づいていないとは思い難い。

唯の知っている沖田というのは、形ばかりのイメージに固執することなく、時代の流れに応じた決断を下す能力に長《た》けた男である。

プライドだのなんだのにしがみつく三浦や加藤とは大違いだ。常に、沖田がこっちの考えていることの数段上を行くと知っているからこそ、三浦たちも敵視しているのだろう。

やけに沖田の肩を持っている自分を意識の隅でなじりながら、唯は湧き立つホール内をみやった。

すべるような足取りで近づいたり離れたりするタキシードやドレスの合間に、誰かとにこやかに話す沖田が見える。

彼と話しているのが誰なのか、目を細めた唯があっと口を開けたときだった。

歩き出した自分の袖を加藤が摑んでくる。

「三浦副支配人がトップに出りゃ、昔ながらのクラヴィア横浜に戻るんだ。いいか、花岡。早急にネタを手に入れろよ」

すっかり自分を信じ切っているらしい男を振り返り、唯は笑い混じりに訊《き》いた。

「——あなたは三浦さんの味方なんですか」

「当然だろう。いまの話のどこを聞いてたんだ？」

「すみません。それだけ聞ければ十分です。進展があればすぐにご報告します」

「ああ、待ってるぜ」

沖田の失墜を想像した加藤が頬をゆるめた頃には、唯はもう歩き出していた。

馬鹿馬鹿しくて、あともう少しそばにいたら声をあげて笑い出してしまうところだった。

他人の力に振り回されることしか知らない加藤に言ってやりたかった。

だから、あんたは部長職から降ろされたんだよ。自分の能力さえ見抜けずに、力のある奴にすり寄るしかない無能だからな。誰の味方になれば得をするかと考えた時点で、あんたはもうおしまいなんだよ。

そういう俺は俺の味方でしかない。胸の裡で呟《つぶや》く唯はホールを埋めつくすひとびとをかき分け、足早に沖田に近づいた。

見間違いじゃなければ、沖田と話しているのは外務省の副大臣だ。つい最近就任したばかりで、雑誌で見た覚えがある。

——やっぱり、そうなのか。沖田が政治家と通じているという噂はほんとうなのか。となると、以前雑誌に載った高官はあくまでも隠《かく》れ蓑《みの》で、あの副大臣が黒幕か？　高官を通じてコネクションをつけたと考えてもいいかもしれない。普通に話しているだけならなんの問題もないが、今夜の晩餐会はワールドカップに関係する人物を招いている。そこに外務省の副大臣が現れたとなったら、なにか裏にあるに違いない。

「あ、失礼」

軽くぶつかった女性に謝りながらも、視線は沖田たちに釘付《くぎづ》けだった。万が一の場合に備えてジャケットの内側に手を入れたが、隠し持っていたはずのＣＣＤカメラがない。

そうだった。タキシードに着替えたとき、あんまりにも慌てて移し忘れたのだった。

歯軋《はぎし》りした瞬間、手を伸ばせば届く距離で沖田が白く細長い封筒を手渡している。それを受け取った男が笑い、二言三言交わしたあとに立ち去っていく。

「……くそ！」

絶好のチャンスをみすみすふいにするなんて。

思いきり顔をしかめた唯に、沖田がすっと視線を向けてくる。こころなしか、してやったりというふてぶてしい面構えに気を取られたのがまずかった。

すぐそばにいた男性ゲストの陰から出てきたボーイと、思いきりぶつかってしまった。

「あっ！」という叫び声とともに、ボーイの手元から派手な音を立ててグラスが転げ落ちる。

「も、申し訳ありません！」

タキシードの前面をぐっしょり濡らして茫然とする唯に、沖田が苦笑しながら近づいてくる。

「なにをぼんやりしてるんだ」

「すみません……」

シャツもネクタイも台無しだ。うんざりしながら手を振ると、ぽたぽたとしずくが垂れる。

「ほんとうに申し訳ございません、いますぐ別室でお着替えのほうを……」

青ざめたボーイが手渡してくれたタオルで拭いながら頷こうとすると、「シャツとネクタイの替えなら俺の部屋にある。貸してやろう」と沖田の声が割って入ってくる。

「スーツのほうは簡単に染み抜きすれば大丈夫だ。来いよ」

「はい」

おろおろしているボーイに「大丈夫です」とタオルを返し、唯は先に歩き出した男の背を追った。

一刻も早く着替えてこの場に戻り、さきほどの官僚の顔をきっちり押さえる。もしくは、あとを尾《つ》ける。そのことしか頭になかった。


階下の賑々《にぎにぎ》しさとうって変わり、支配人室は静寂に包まれていた。

「これを使え」

替えのネクタイとシャツを渡され、唯は頭を下げてバスルームに向かった。

沖田と自分とでは少しサイズが違うようだが、そう長い時間着るわけではないから、まあいいだろう。タキシードに着替える前のスーツに隠し持っていたＣＣＤカメラも、寝室からそっと持ってきた。

うっかり忘れる前にジャケットの内側に仕込んでから脱ぎ、ネクタイをはずす。それを洗面台の脇《わき》に置き、酒に濡れた身体を拭《ふ》くためにシャツも脱いで、さっぱりしたところで着替えた。

思ったとおり、腕が少々長い。肩幅もややあまるシャツにため息をつき、スタッドボタンを留めることにした。

このスタッドボタンがまたくせもので、普通にシャツのボタンをはめるようにはいかない。金属のバネ式で、最初に着たときもかなり手こずったのだった。

早くしないと外務省の奴が帰っちまうかもしれない。

焦れば焦るほどうまくいかなくて、じりじりしてくる。

突然バスルームの扉が開き、唯は慌てて振り向く。断りもなしに入ってくる沖田が、手元を見てくすりと笑う。

「難儀してるじゃないか」

「……結構、難しいんですよ」

「そうだな、それがうまくはめられなくてタキシード嫌いになる奴が多いんだ。コツさえ摑めば簡単なんだが。貸してみろ」

どうするつもりなのか量りかねてしばし悩んだが、結局硬い鋼でできたボタンを渡した。すると、沖田は背後に回り、あろうことか抱き締めるような格好でボタンをはめようとしてくる。

「あの、これは……」

さしもの唯も驚き、非難の声をあげた。

「なにか文句があるのか？　ボタンをはめるだけだろう。こうしないとはめにくいんだ」

自分のボタンをはめるときと同じ格好を取っているだけなのだろうが、思わぬタイミングで身体を密着され、ついよけいなことを考えてしまいそうだ。

「晩餐会はどんな感じだ」

「ずいぶんと……大がかりなものですよね」

耳元で聞こえる声が鼓膜を震わせ、またたく間に身体の隅々へと浸透していく。彼が喋るたびに吐息が首筋にかかるのも、気になって仕方ない。

顔を上げれば、洗面台の鏡に自分と沖田が映っている。ホテルのバスルームだけあって、腰下まで映す大きなサイズだ。

わずかに顔を赤らめている自分がいたたまれなかった。スラックスから引き出したシャツは半端に開いていて、サスペンダーもずり落ちている。間の抜けた格好だが、もうひとり男が背後にいるというだけで、やけに扇情的なものに見えた。

せっかく仕事に集中していたのに、沖田のせいでまたもくだらない考えが舞い戻ってくる。

つい一時間ほど前、ベッドルームでこのタキシードに着替えたとき――なにを考えたか。考えるのをやめろという理性のストッパーをくぐり抜け、もう少し前にさかのぼって、倉下の店に寄った日のことを思い出す。あれが、沖田を意識し始めた日だ。

知らぬ間に彼にもたれかかっていた唯は、すぐそばにある男の口元を見て眉をひそめる。

自分がいまなにを考えているか、冷静に判断することなんかできない。

移る体温や香りにとまどい、だけど「知りたい」という気持ちがしだいにふくれ上がってくる。

沖田恭一を意識しているというなら、なにが決め手だったのだろう。

いったい、どういう男なのか知りたい。どうしても知りたくなる。

興味を持ったら性別は関係ないと照れもせずに言った彼が誰かを抱くとき、どんな顔を見せるのか、どんな声を聞かせるのか。

ふと目が合い、沖田がかすかに笑う。眼鏡を通して至近距離で見る顔は、息を呑むほどに怜《れい》悧《り》で整っている。彼の目に浮かんだ感情に、とっさに怯《おび》えがこみ上げてきた。

突き放そうとするよりも先に顎を掴まれ、くちびるを強くふさがれた。

「ツ……！」

瞼《まぶた》を閉じる暇もなかった。うしろから羽交《はが》い締《じ》めにされ、身動きが取れない。あまりのことに動転しているあいだにも沖田のくちびるは角度を変え、熱を高めて重なる。

「う、……っ」

熱を帯びたキスが強引に呼気を奪っていく。

急速に痺《しび》れていく意識で必死にもがいたが、無駄だった。洗面台の脇に置いていたネクタイで両腕をまとめて縛り上げられ、唯は正真正銘目を丸くした。

「なにをするんだ!」

手が離れた隙に怒鳴ったけれど、反論はたったひと言で終わり。再び痛いぐらいに顎を掴まれた。

懸命に閉じたくちびるを割り込んでくる舌に絡め取られ、息が乱れる。

「ん、……っ、ぅっ……」

自由にならない両手を洗面台に押しつけられ、巧みな舌遣いに翻弄された。くちゅりと濡れた音が響き、くちびるを吸われるたびに理性が蝕《むしば》まれていく。

なんとか逃れようと身体を動かすたびに、衣擦《きぬず》れの音がした。女性を抱くときとは明らかに違う、硬質な生地が擦れ合う音。その音にますます焦りが生じてくる。

口内を蹂躙《じゅうりん》する舌に、負けそうだ。上顎のいちばん敏感な場所を舌先でくすぐられると足下がふらつき、いまにも崩れ落ちそうだった。

誰かと、こんなに熱っぽいキスはしたことがなかった。きつく抱きすくめられることで、背後にいるのが自分と同じ男なのだと否応《いやおう》なしに認めなければならないのは、屈辱的だ。

これからなにをされるのか、考えただけで眩暈《めまい》がしてくる。

したいのか、したくないのか。否定と肯定のどちらかを選ぶとなったら――と朦朧《もうろう》とする意識で考えるのも我ながらふざけている。

「暴れるなよ」

ぞくりとするような響きを含んだ声とともに、はだけたままのシャツの下に素早く手がすべり込んでくる。

「――う、ぁ、……っ……！」

平たい指の腹で乳首を撫でられ、くすぐられた。ときおり、爪《つめ》を立ててかりっと引っかかれると、その場所に火が点いたみたいに熱くなった。

触れられて、見られて、羞恥心《しゅうちしん》がこみ上げるのではなかった。もともと、セックスに対してさほど執着心はないほうだと思っていたのに、沖田のすることには溺《おぼ》れていく一方だ。

これがもし、ほかの男だったら「馬鹿な真似はよせ」と突き放せばいいだけである。

だが、相手が沖田であれば話は別だ。自分のほうが先に意識していたとわかっていた男だからこそ、知りたいという欲望と、こういう場に追い込まれて当然抱く怒りが複雑に混ざり合い、困惑させられるのだ。

「どうされれば感じるんだ?」

なにもかも知っているような声音に、身をすくませた。頑丈な指先で乳首をいたぶられ続け、たまらない疼《うず》きが広がってくる。

鏡の中の快感に歪《ゆが》む自分の顔など、まともに見られなかった。こうも易々《やすやす》と感じてしまうことが悔しくて、声が掠《かす》れていく。

「やめろ! これ以上……」

そう言ったとたん、上体を洗面台に押しつけられた。

ジリッと金属の噛《か》む音が聞こえ、下ろされたジッパーの隙間から忍び込んできた手に下着越しに握られ、声を失った。

「勃《た》ってるじゃないか」

「……ふざけるのもいい加減にしろよ!」

思わず声を荒らげると、背後から覆い被さってきた沖田が可笑しそうに笑う。

「やっとボロを出したか」

「な……っ」

驚いてくちびるを開く隙を狙っていたのか、指が入り込んでくる。

「ん、――んっ……ぅ……ぁ、っ……」

「さっきまでの殊勝な態度はどうした?」

唾液《だえき》を絡ませて舌をくすぐる指を、思いきり嚙んでやりたい。だけど、そうするには深入りしすぎてしまっている。濡れた指をしゃぶるよう無言で要求され、鏡のなかで苦しげな顔をしながらも応じる自分が信じられなかった。

舌をまさぐる硬い爪を舐《な》めると、まるで彼のそこを咥《くわ》えさせられているような錯覚に陥った。淫《みだ》らな感覚をもたらされ、沖田の手のなかで少しずつ硬さを増していくペニスを洗面台に押しつけ、唯は声を押し殺した。

知りたいという欲求は仕事のみに抱くものだと思っていたが、いささか見誤っていたようだ。スラックスがぱさりと床に落ちる。ボクサーパンツの裾《すそ》から入り込んでくる指に太腿《ふともも》の付け根を探られてしまえば、どんなに堪えても声が漏れる。

「ほら、自分の感じる顔を見てみろよ。たいして触ってもないのにもう息が上がってるじゃないか」

むりやり顎を押し上げられ、唯は嫌でも鏡に映る自分を目にしなければならなかった。

「畜生……」

絞り出した言葉の荒っぽさとは裏腹に、冷然とした印象の眼鏡を通しても目縁《まぶち》が快感に赤く染まっているのがわかる。綺麗に撫でつけていた髪もばさばさになり、のけぞる首筋から続く胸元はうっすらと色づき、正視できないぐらいに淫猥《いんわい》だった。

沖田に弄《いじ》られて尖《とが》った乳首は深い色味に変わり、ひんやりした洗面台に押しつけられるたびに擦れてむず痒くなる。

いつの間にか下着を脱がされていたことにも気づけないほど、不埒《ふらち》な指先に没頭していた。それと、いままで知らなかったもうひとりの自分に。

偽りのない鏡に映るのは、男の愛撫《あいぶ》に耐えようとして失敗している顔だ。どうにもならない快感が理性をことごとく叩《たた》き壊し、ついには喘《あえ》がせられてしまう。

両の手首は身体の前で縛られているのだから、彼を突き飛ばそうと思えばできないことはなかったけれど、唯はそうしなかった。できなかった。どうしてもどうしても、この先が知りたかったからだ。

硬い茂みを押し分けて勃ち上がるペニスのくびれに指が絡んでくる。熱い吐息で鏡が曇った。

「……ほんとうにそそる顔をするんだな」

劣情が混じる深い声に支配され、身動きすることすら叶わない。

何度か軽く扱《しご》かれたあと、身体をひっくり返されて沖田と向き合った。

「……っ……は、……っ……」

「もう声も出ないか？」

　肩にシャツを引っかけただけというあられもない格好の自分を可笑しそうに見つめる男に、足が萎《な》えてきた。ちくちくとちいさな針で肌の内側を刺されるような感覚が手足に広がり、目に見えない枷《かせ》として縛りつけてくる。

　とん、と肩をつつかれ、よろけた。背の低い洗面台に力なくもたれると正面に沖田がひざまずき、剝き出しのそこに顔を寄せてくる。

「あ、——あ、……あぁ、っ！」

　腰骨に指が食い込んでくる。先走りのにじむ先端をちろちろと舐める舌先を一度目にしてしまったら、ほかを見ることができなくなってしまった。

　陰毛が密集するやわらかな場所に鼻先があたり、丁寧に切り揃《そろ》えた爪先が浮き出た筋をなぞっていく。

　バイだと言っていただけあって、男の性器を愛撫する沖田にためらいはなかった。唯と視線を合わせながら、ことさら見せつけるように舌を大きくのぞかせて深く含んでいく。

「ん、……ふ、っ……」

　背中をしならせる唯も勢いに飲み込まれ、硬く握った拳で口元を覆う。そうするのが精一杯だ。

紳士然としたタキシードを身につけた男は、そのイメージから遠くかけ離れた舌遣いで攻めてくる。

ここは横浜でも一、二を数えるハイクラスのホテルで、階下ではまだ多くのひとびとが楽しげに言葉を交わしているはずだ。そして、床に膝をついてはしたなく濡れる唯のペニスを嬲《なぶ》り、自制心を切り崩そうとしている沖田こそ、このホテルの頂点に立つ男だ。

その男が尖らせた舌先を小孔《こあな》に埋め込み、痕《あと》がつくぐらいに握り込んでくる。

取り巻く環境が至極真っ当なものだけに、彼の行為がより一層きわどく感じられるのだ。

からかうように先端をつつかれ、一気に喉奥まで含まれることを繰り返される。じゅるっとすする音が壁にはね返るなか、散々舐《ねぶ》られた。

「……いやだ、……離せ……」

この部屋に入ってきたとき、鍵を閉めたかどうか思い出せなかった。加藤やそのほかの人間がいつ入ってくるかもわからない。こんな現場に踏み込まれたら、沖田とて言いつくろうことはできないだろう。

だけど唯にしても、もう、止めることはできない。抗《あらが》うこともできなかった。

熱い舌を丹念に這《は》わされ、意識がぐずぐずととけていく。ひくつくアナルに指があてがわれたときには、ふくれ上がる一方の欲望に腰が揺れたほどだ。

もちろん、男としたことはない。たぶん、その瞬間には痛みに耐えきれず呻《うめ》くだろう。

洗面台に置かれたアメニティグッズから小瓶《こびん》を取り上げた沖田が、ねっとりした液体を手のひらに垂らす。

指がゆっくりと挿《はい》り込んでくるあいだ、唯は額に汗を浮かべていた。

広く奥行きのある洗面台に仰向けになり、右脚を抱え上げられているという屈辱的なポーズには奥歯を嚙み締めるだけだ。左脚も床に着かず不安定で、沖田にされるがままだ。

「ここを使ってセックスするのは初めてなんだろう?」

ぬめった指にこじ開けられ、収縮する襞《ひだ》を擦《こす》られた。誰にも触れられたことのない——自分でさえ触ったことがない内側は唯の意思に反してひくつき、沖田の期待に応えている。

「……ぁ、……」

不快な感覚だけだったのが、ある一点を擦られるとどうしようもなく感じてしまう。

どんなに息を吸い込んでも苦しい。何度も指を挿《い》れられることで身体の中に残る違和感に悶《もだ》え、にじむ視界に天井からこぼれるやわらかな灯りを映す。

このあと、沖田自身に貫かれることを想像すると、ペニスからとろりとしたしずくがこぼれ出す。

一度知ってしまった快感を制御するなんて無理だ。こうなってしまった以上は、行き着くところまで行くだけ。沖田の熱を、骨の硬さを感じるまでだ。どうして彼がこんなことを始めたかなんて、いまは考えなくていい。

気が遠くなるほど時間をかけて弄られてから、もう一度身体を裏返された。

熱くてたまらないそこに硬いものがあたる。それを感じ取っただけで、唯は身体を震わせた。投げ出した両手を握り締め、息を吸い込んだ。

「待ちきれないみたいだな」

欲情に嗄《しわが》れた笑い声がこころを侵食していく。なめらかな皮膚で覆われながらも、硬く張り出したエラをほんの少し埋められただけで喉がからからに渇き、とうとう涙があふれた。

「だめだ、無理、だ……」

「我慢しろ」

息も絶え絶えに言ったのに沖田は聞き入れず、じわじわと埋め尽くしてくる。

「あ――、っ……！」

ひくつく入口をわずかに裂いていちばん太い根元がようやく最奥まで挿った頃には、激しい眩暈に襲われていた。

「馬鹿野郎、動く、な……！」

微弱な揺らぎさえ、ひどく痛む。だけど、長い指でペニスを扱かれて、涙混じりの声は甘くとけていってしまう。

予想していたよりもずっと鮮明な痛みと、強烈な快感が隣り合わせになっている。息が整うのを待って沖田が動き出し、唯はたまらずに腰を揺らした。じっとしていたら叫び出すか、気が狂いそうだ。

「んんっ……っぁ、あ、あぁ、……」

立ったまま背後からのしかかられ、突き上げられた。沖田を受け入れることで、しだいに熟《う》んで腫《は》れていくそこを、何度も何度も。

鏡に映る沖田と視線を絡め、痴態をあますことなく見られているのだと知ると、よけいに意識が横滑りを起こす。

「あ、ぁっ」

裸の肩にくちびるがあたり、きつく噛まれた。気持ちよすぎて、どうにかなりそうだ。

覆い被さってくる男はタキシードを着たまま。わずかに髪が乱れているほかはどこもかしこもまともであることが、唯の胸を焦がす。

畜生、と歯噛みするあいだにも、せつない喘ぎがあふれ出す。

男に抱かれることの敗北感なのか、沖田だからこその悔しさなのか、見極めがつかない。

「……加藤はどうやっておまえを引き込んだんだ？」

奥までえぐられることの気持ちよさに喘ごうとした瞬間に聞こえてきた声に、息が止まりそうだった。それを察してか、脇から笑いながらのぞき込んできた沖田が、より深くねじ込んでくる。

「ほんとうはおまえ、秘書でもなんでもないんだろう。加藤と縁故関係にあるというのも嘘だ」

「なに、を……」

「いまさら嘘をついても無駄だ。俺がなにも調べずにおまえを手元に置くと思うか？　……フリーライターのおまえが俺になんの用なんだ。すっぱ抜きでもするつもりか？」

「沖田、……っ、ぁ……っ」

ずちゅ、と淫らな音とともに引き抜かれ、また深々と貫かれる。それで一度は薄れていた快感も、より鋭さを増して意識に食い込んでくる。放っておかれた乳首もねじられ、やんわりと押し潰《つぶ》される。

出張で出かけていた加藤があの場にいたことを知っていたのだろうか。

そんなことはともかく、どういうつもりで沖田がこんなことを始めたのか、これでわかった。

脅しをかけているのは、間違いない。

よりによって、凌辱《りょうじょく》という手を使うとは考えもしなかった。

「口止め、の、つもりかよ……！」

「さあな。おまえはどう思うんだ、花岡」

問いかけたにもかかわらず、沖田は答えを待たずにくちづけてくる。反発心を抱きながらも、唯も夢中で舌を絡め取った。

唾液がくちびるの脇を伝い、したたっていく。それを拭った沖田の指が、再びくちびるに侵入してくる。

どこもかしこも沖田の匂いが染み込み、忘れられなくなりそうだ。

たかだかセックスで、こんなにも興奮するのは初めてだった。胸を荒く波立たせる自分が、餌《えさ》を待ちかねた犬のように思えてやりきれなかった。

ずるっと抜かれ、慌てて起こそうとした身体を今度は床に放り出され、正面から貫かれた。

「ん、……っぁ、……！」

縛られた両腕を突っぱねて厚い胸板を押し返し、凄《すさ》まじい快感にのけぞった。さっきとは違う場所を突いてくる男のそれは唯の感じるところを知ると、執拗《しつよう》にいたぶってくる。

沖田のこめかみを汗の玉がすべり落ちていく。すっと細めた鋭い視線に撃ち抜かれ、言葉が出ない。

彼もなにも言わなかった。代わりに顔を近づけ、耳朶《みみたぶ》を噛んでくる。血がにじむかと思うほどに強く歯を立てられ、同じ男に犯されていることの悔しさがかき消えてしまう。

「……ふ、……っ……」

薄いマットが敷かれただけの床の上で、唯は獰猛《どうもう》に貪《むさぼ》ってくる男を押し返しては喘ぎ、無防備なままのペニスに触れられては痙攣《けいれん》した。

激しく突きまくられて、もう耐えきれなかった。内側はねっとりと焼け爛《ただ》れ、硬い感触を離すまいとしている。

熱を孕《はら》んだ手に扱かれ、唯は抑えきれずに瞼をぎゅっと閉じて放った。

「あ、っ……あ、あぁ……あぁ……」

「もう少し俺を楽しませろよ」

すべてを知っていたらしい沖田が笑いかけてくる。

彼がこのあとどう出るのか。最初から素性がばれていた自分としては、どうすべきなのか。長々とした射精による脱力感の中に沖田がむりやり分け入ってきて、とろけた意識の輪郭をさらに鋭敏にする。

もう、なにも考えられない。途方もない疲労感と酩酊感《めいていかん》に、理性はとうに逃げ出していた。あとに残るのは、いつの日も勢いのよすぎる自分にとって良き友、良き指導者であり、最後にはかならず崖《がけ》っぷちに追いつめてくる本能だ。

手に負えない熱に挿し貫かれたまま唯は拘束された両腕を掲げ、輪っかの中に沖田の頭を通すと、強く引き寄せた。

腹の上にゆるゆると広がる白濁した精液で、彼のタキシードが汚れようがどうしようが知ったことではない。

そんなことを厭《いと》うぐらいなら、沖田も最初からこんなことはしなかったはずだ。

沖田が目を瞠ったのは、ほんの一瞬だ。色濃い艶をたたえた眼差しでじっと見つめてきたあと、うしろ髪を鷲摑《わしづか》みにして、くちびるをふさいでくる。

胸を軋ませる想いや、尽きぬ欲望の根本にあるのが恋愛感情なのかどうかと問われたら、唯はとてろくな返答ができないだろう。

けれど、なにかにこころを奪われたら、一時も気が休まらずに追ってしまうのだ。

自分はそういう男なのだと、唯は知っている。

正体がばれ、瀬戸際に立たされている状況にあってもなお、好奇心に煽《あお》られるろくでもない男なのだと。

沖田《おきた》に抱かれたあとの数日間は、言いようのない自己嫌悪に襲われた。

どう考えても、甘く見ていたとしか思えない。やけにすんなりと秘書見習いになれたことを、最初にもっと疑えばよかったのだろうが、いまとなってはあとの祭りだ。

翌日も、翌々日も、そして一週間以上経った今日も、唯《ゆい》はそれまでと変わらずにクラヴィア横浜《よこはま》へと赴き、朝八時きっかりに総支配人室の扉を叩《たた》いた。

「休むなよ」と沖田に釘を刺されていたからというのもあったが、よくよく考えればそれしか言われなかったことのほうが相当怪しい。

加藤《かとう》の見習いという立場は嘘《うそ》で、履歴書もでたらめだとわかっている以上、なぜそばに置いておくのだろう。

あの最中はともかくとして、なにを考えているかわからない沖田を前にして逃げ出すことをしなかっただけ、並はずれた度胸を褒めてやりたいと思う。

だが、一度胸を食い荒らした衝動は消えなかった。

あのとき、確かに自分は沖田を求めた。それはもう、目をそむけたくなるぐらいの浅ましさで。

欲しいという気持ちに気づいていたのだろうか。

むりやり抱かれたところで、彼に対する興味が削《そ》げることはなかった。それどころか、もっと知りたいと思っている。

どんなところに住んでいて、どんな暮らしをしているのか。パーソナルなことよりも、彼を知ったのはやはり仕事を通してのことだから、見事な采配ぶりをひとつでも多く間近で見ていたいと思う。

沖田のような才能ある男が窮地に立たされたとき、いったいどういう顔を見せるのかというのにも興味がある。

悪趣味な考えだというのは、十分に承知している。

たとえば、加藤が口にしていたリコール計画が現実のものとなったら、彼はどう出るのだろう。おとなしく引き下がるタマではないから、相当揉《も》めるに違いない。

「一歩間違えれば俺もストーカーになってたな……」

自嘲《じちょう》気味に呟《つぶや》き、その朝も唯は支配人室に向かった。

「おはようございます、支配人。本日のご予定をお伝えします」

シンプルなレジメンタルタイを締めた沖田は顔も上げず、黙々と書類にサインしている。

朝八時から正確に動き出す精力的な男が相手では、加藤たちも分が悪すぎる。内心そんなことを考えて、唯は一日の予定を話し出した。

「十四時から新規ウエディングプランについて本多《ほんだ》美容室との打ち合わせ、それと……岩崎《いわさき》ワイナリーから七度目の試飲会申し込みが入っています。日程についてはこちらに任せると」

最後の項目を読み上げると、笑い声が響く。

椅子《いす》に深々と背を預けている沖田の顔は、さっぱりとしたものだ。

「今回で七度目か、岩崎もよくやるな。根負けしたよ。それじゃ、来週に試飲会のセッティングをしてほしいとおまえから伝えておいてくれ」

「了解しました」

岩崎ワイナリーの電話番号をそらんじながら、唯は頷《うなず》く。

「粘り勝ちだな、これも。旨いワインだったら仕入れてやろう」

「ええ、喜ぶと思います」

表向き、なんでもない会話を交わしていることがどこか寒々しいような、それでいて、この関係が続くことに安堵《あんど》しているような不明瞭な気分が胸で揺れている。

唯がポーカーフェイスを貫くならば、沖田もまるっきりなに食わぬ顔。ふたりのあいだにあったことが、嘘みたいに思えてくる。

身分詐称についても突っ込んでこないあたりが胡散《うさん》臭すぎるが、自分から訊《たず》ねて痛くもない腹を探られるのは避けたかった。

なぜ、沖田に近づいたのか。聞かれたら答えないわけにはいかないし、唯自身、いざというときの覚悟は決めていた。

警察に突き出されても文句は言えない。なのに、沖田はそういう素振りを少しも見せず、いままでと同じ態度だ。

そのへんもまた、そそられるところである。

どうして彼は自分を手元に置いておくのだろう？　ほんとうによくわからない男だ。

「本多美容室との打ち合わせ前に……そうだ、花岡《はなおか》にも見てもらいたいものがあるんだ。このあと、ブライダルサロンにつき合ってくれないか？」

「わかりました。お供します」

「いま新規ウエディングプランを詰めている最中なんだ。それで、おまえの意見も聞かせてほしい」

「私はブライダルに関してはまったく門外漢ですが」

「構わない。今回は専門知識がある奴よりも、一般の感覚で言ってくれるほうが助かるんだ。それはそうと花岡、あのときはずいぶん感じてたな」

「そうですね、……はっ？」

がくんと顎《あご》がはずれそうな驚愕《きようがく》に襲われ、目の前の男をまじまじと見つめた。

「あんなにいい顔をするとは思わなかった。その眼鏡《めがね》で真面目そうに見せていたのも、クラヴィア横浜に潜入する計算のうちか？　あんまりにもギャップが激しいから、こっちがおかしくなるかと思ったぜ」

「沖田……」

態度の豹変《ひょうへん》に支配人と呼ぶことも忘れ、雑な口調になってしまう。

出し抜けになにを言い出すのだろう。仕事の場であることも忘れて茫然《ぼうぜん》とし、次の瞬間には目尻《めじり》をつり上げて手帳を投げつけていた。

「……この野郎！　いきなり露骨なことを言い出すんじゃない！」

悔しいことに手帳をひょいとかわした沖田は、唯の言葉遣いも気にならないらしくにやにや笑う。

「おまえの地はそっちだよな、どう考えても。まあ、そこそこスーツは似合ってるし、きちんと髪をセットして眼鏡をかけてりゃ誰でも騙《だま》されるだろうな。俺も眼鏡をかけてみるか、たまには」

「ふざけやがって……最初から全部わかってたって言うのかよ」

熱くなる頬《ほお》を乱暴に拭《ぬぐ》い、沖田を睨《にら》み据えた。

「当たり前だ。俺をあまり安く見るな。仮にも総支配人の立場で、どこの誰ともわからぬ奴が近づいてきて平然と受け入れるほうがおかしいだろう？　おまえのことは調査済みだから諦《あきら》めろ」

「だったら、なんでいつまでもそばに置いておくんだ！　俺《おれ》が誰だかわかってるならさっさと追い出せばいいだけで……」

こうも堂々と言われると、無性に腹が立ってくる。ぎりっとくちびるを噛《か》み締めた唯に、沖田が立ち上がって手帳を差し出してくる。

「おまえは使えるからな、花岡。いまどうこうするつもりはない」

不承不承手帳を受け取って顔を歪《ゆが》めている唯に構わず、沖田は傲然《ごうぜん》と腕を組む。

「ネタを引っ張るために、俺のそばにいたいんだろう？　お手並み拝見といきたいところだが、そう簡単に行くと思うなよ」

「……やっぱり、噂《うわさ》はほんとうなのか」

「さあな。それを確かめるのがおまえの仕事なんじゃないのか」

可笑《おか》しそうに言って、沖田は扉に向かって歩き出す。

「だいたい、警察にも届けない俺の寛大な処置に礼のひとつでも言ってほしいぐらいだ。とりあえず、ブライダルサロンに行こう。見せたいものがある」

言いたいことだけ言って先に行ってしまう男に、本気で眩暈《めまい》がしてきた。

六月なかばのブライダルサロンは、平日にもかかわらず多くのひとで賑わっていた。

「秋の結婚シーズンに合わせた客が来る時期なんだ」

エレベーターで五階まで下り、落ち着いた雰囲気の一室に入ったところで沖田が振り返る。

「来週から一週間、ブライダルフェアを開催することになっている。うちで挙式をしたいと希望しているカップル百組を招いて、現状のプランのほかに新規プランも検討してもらうことになってるんだ」

「新規プランはすぐに稼働させるつもりなんですか」

十分前にはささくれていた神経も、ここに来るまでのあいだになんとかなだめた。とかく、女性客が多いこのフロアでスーツ姿の男性は目立つから、ことさら声をひそめ、口調もいつもどおり丁寧なものにした。

沖田もそのへんは考慮してか、室内の隅に移動し、スタッフと対面式でやり取りしている客たちのうしろ姿を眺めている。

陽がたっぷり入る室内は気持ちがいい。しかし、来客者数と室内の広さが釣り合っていないらしい。打ち合わせを待つ客の幾人かが、ぼうっとした顔でサロン前のソファに座っていた。

「現段階では八割の出来なんだ。今回のフェアでの意見を採り入れて仕上げたいと思ってる。こっちに来てくれ」

手招きされて、サロン脇《わき》の別室に入った。

いくつかのデスクが並んだ広く明るい室内は一見、普通のオフィスに似たつくりだが、壁際にずらりと並ぶサンプルドレスやアレンジメントフラワーの見本が置かれているあたりが目にも華やかだ。来週のフェアに向けて、準備を進めているのだろう。

忙しげに働く数人の女性スタッフが、沖田の顔を見ると笑顔で会釈する。そのなかから、シックなベージュのスーツに身を包んだ女性がすっと近づいてきて、「支配人、お疲れさまです」と微笑《ほほえ》む。どうやらサロンの責任者のようだった。

「忙しいところ悪いが、来週のフェアのカタログを見せてくれないか？」

「かしこまりました。お待ちください」

彼女から手渡されたカタログを持ち、沖田は商談用に置かれたソファに腰掛ける。唯も隣に腰を下ろし、カラー写真がふんだんに盛り込まれたカタログに目をやった。

「俺がやろうとしているのは、客の要望をできるだけ聞き入れるというカスタムメイドプランなんだ。興味あるか？」

「どんなものか説明してください」

「よし」

目縁《まぶち》をにじませて笑う男が、ぱらりとカタログをめくる。

「一般的にホテルでのウエディングプランというのは、こっちが設定した金額内で挙式、披露宴を行う。料理は洋食がメイン、和洋折衷《せっちゅう》ももちろんある。挙式は神前式とチャペル式があるが、うちはチャペル専門でやっている。式が終わると、カップルたちに客がライスシャワーを振りまくのを花岡は見たことがないか？」

「あります、テレビですが」

「うん、あのへんのサービスにはじまって、料理、テーブルに置くメッセージカード、花、テーブルクロス、披露宴中のビデオ撮影、引き出物なんかの細々としたものというのは、これまであまり選択の幅がなかったんだ。料理ひとつ取っても、洋食か和洋折衷のどちらかを選ぶだけだ」

カタログの真ん中あたりを開き、沖田が言う。

「カップルにとって、結婚式というのは人生最大のイベントだろう。ブライダルを商品にしているホテルはいくらでもある。そのなかからクラヴィアを選んでもらうためには、うちにしかできないことをやろうと思ってるんだ」

「それが、カスタムメイドですか。客の注文をできるだけ聞き入れるということですか？」

「ああ、それもお仕着せのものじゃなく、フレキシブルに対応できたらいいと思っている。たとえばヌーベル・キュイジーヌも選択肢に入れた料理は一品一品カードを用意して、客に選択させて組み合わせる方式を採り入れる。クロスもたいていは白と相場が決まってるんだが、これもフランスから取り寄せた生地を十種用意して、新婦のドレスが映えるものを選べるようにする。ドラジェって知っているか？」

「お菓子、みたいなものでしたっけ。テーブルにひとつずつ置かれてる……」

「そう、それだ」

沖田は楽しげに笑い、「結婚式にうるさく口を挟む男はあまりいないだろう？　主役は花嫁だ。彼女たちにとっては一生に一度のお披露目だから、ドラジェひとつ取っても自分の好みのものを選びたいんだよ」と言う。

「招待状からはじまって引き出物のひとつひとつまで、彼女たちは思い出になるようなものにしたいんだ。すべてをオリジナルでやろうとしたら、いくら金があっても足りない。だけど、その要望にできるだけ応えられるよう、設定価格が許す範囲内でサービスを広げたいと思ってるんだ」

「なるほど、そういうわけですか。……しかし、ずいぶん煩雑《はんざつ》な作業になるんじゃないですか。お仕着せコースなら業者も数社ですむでしょうが、カスタムメイドともなったら倍以上にふくれ上がるんじゃないですか?」

「問題はそこだ」

サロンスタッフが運んできてくれたコーヒーに口をつけ、沖田が頷く。

「俺やサロンスタッフはもちろん、ブライダル部門の人間はこのプランに賛成している。みんなと同じものを選んで満足していた十年前までならともかく、個人主義が当たり前になったいまの時代にこれまでのやり方を通したんじゃ、クラヴィアを選ぶ客は年々少なくなる。作業量が多少増えたり、客の注文にどこまで応えられるかというリスクを考えたうえで、今回のプランを通すべきだという声は現場から聞いてる。ただな、三浦《みうら》派が強硬に反対しているのはこのあいだの会議でもわかっただろう」

「そうですね。……クラヴィアのイメージを損なうとも言っておられました」

スティックシュガーを半分入れたコーヒーを飲み、唯も頷く。ちいさな甘さが神経をほぐしてくれるようで、おいしかった。

「俺にすれば、旧式のままであってほしいと客が望むホテルは国内じゃ三つぐらいしかない。それ以外のホテルは、ブランドイメージを背負いたくても革新を余儀なくされる時期がかならず来る。もともとクラヴィアは母体がアメリカにあるだけに、ドラスティックな変化についてはわりと鷹揚《おうよう》なほうなんだ。だが、三浦たちにはどうしてもそのへんが理解できないらしくてな。正直、困ってる」

最後は苦笑いになった沖田の言葉は、偽らざる本音なのだろう。

「バブル期なら、こっちがとくになにをしなくてもアンバサダーやプレジデンシャル・スイートに泊まりたいという客も多かったし、挙式にかける金も天井知らずだった。だが、いまはそうじゃない。どんなにハイクラスのホテルでも、時代と客のニーズに合わせて変わらなきゃいけないんだ。このホテルのイメージを変えようとしている俺は、やっぱり間違ってると思うか」

強いひかりを宿した目に、唯は掠《かす》れた声で、「いいえ」と囁《ささや》く。

以前、これと似たような言葉を交わしたことがあった。あのときよりも、沖田に対する評価は確実に上がっている。

素直に認めるのは少々悔しいが、こうと決めたことをやり抜こうとしている男を止める手だてはない。もとより、ブライダルに関してろくな知識がないのだから、たいしたアドバイスはできまい。だいたい彼だって、本気で自信喪失していて唯の言葉を必要としているわけではないだろう。

やりたいというなら、勝手にやらせればいい。それで失敗したところで、責任を負うのは沖田ひとりだ。

意地の悪いことを考えるかたわら、だけど、と思う。

だけど、客の期待に応えたいという姿勢は悪くなかった。クラヴィア横浜の新しいイメージをつくりたいという言葉だってどこか照れくさい気分が残るが、潔いと思う。

ホテルのイメージに寄りかかる三浦たちとは違う。彼らが見せかけのホテルのプライドにすがるなら、沖田は自分の仕事に対するプライドを重視している。そこが彼らの大きな違いで、才能の差だ。

肩入れするにもほどがある。すっかり沖田贔屓《びいき》になっている自分にちいさくため息をつき、カップを受け皿に戻した。

「……ちょっと前に、友人の結婚式に出たことがあるんです。そのときのキャンドルサービスがよくある、新郎新婦がテーブルを回ってトーチで灯りをともしていくものじゃなかったんですよ。手のひらサイズのキャンドルを列席者みんなが持って、灯りをリレーしていくんです。新郎新婦と全員が灯りのついたキャンドルを持ったら、一斉に吹き消す。真っ暗な場内にいくつもの灯りがついた光景は、結構綺麗なものでしたよ」

「なかなかいいな。キャンドルリレーか……。それも採り入れてみよう」

「それと、ちょっと気になったことがあるんですが」

この部屋の並びにあるサロンを思い出し、唯は続ける。

「サロンがずいぶん手狭に感じたんですが、拡張は考えておられないのですか」

「ああ、考えてる。来月にも改装工事を行う予定なんだが、そのあいだの対処をどうしようかと思っていたところなんだ。工事ともなると騒音が出るし、落ち着いて打ち合わせできないだろう。宴会室か客室を転用する案も考えてみたんだが……どうも折り合わなくてな」

「だったら、思いきってプレジデンシャル・スイートを使うのはどうですか」

「プレジデンシャルを？」

さしもの沖田も驚いた顔をしている。それもそうだろう。一泊五十万もの部屋はクラヴィア横浜の象徴で、細々とした打ち合わせを行うのには向いていない。

だが、唯は、「もし私が客だったら」と前置きしたうえで話し出した。

「一生に一度のイベントというなら、打ち合わせだってそのなかに入るでしょう。サロン外でぼんやり待たなければいけないのはつらいですし、工事の騒音に悩まされるのは論外です。拡張工事はあくまでもクラヴィア横浜の都合で、客には関係ありません。プレジデンシャル・スイートはもともと客室ですから、打ち合わせを行うのには多少不便かと思いますが……あの部屋の素晴らしさを知ってもらういい機会にもなります」

「おまえが客として打ち合わせに来て、プレジデンシャルに案内されたら……」

「嬉《うれ》しいでしょうね。いつかは泊まってみたいとも思うでしょう。まあ、落ち着いて考えてみたら、やっぱり一泊五十万円なんて無理でしょうが」

唯はちょっと笑う。

何十万もする部屋に泊まるなんて、宝くじにでも当たらないかぎりやらないだろう。だけど、もし機会があればどんな内装なのか見てみたいと思うのは、きっと自分だけじゃない。

アーチ型の窓から見えた海と空、ベッドルームの天井に描かれた色彩豊かな模様を思い浮かべ、自然と声にも力がこもった。

あれだけ魅了された部屋は、いままでにない。稼働率が落ちているという話を聞いてから、なにかに転用できないかとずっと考えていたのだ。

「あんなに素晴らしい部屋を放っておくのはもったいない話です」

「そうだな……、稼働率が鈍っているいまならやるべきか。室内がどれだけ消耗するか、スタッフが動きやすいかいくつか問題があるが……悪い案じゃない。わかった、考えてみよう」

カタログの隅になにやら書き付ける沖田が、冗談めかした顔を向けてくる。

「花岡は結婚していないのか？」

「していません」

見ればわかるだろうと胸中独りごちる。だけど、沖田は気にしていないようだった。

「このプランを見てどう思う。率直な意見を聞かせてほしい」

「支配人のおっしゃるとおり、建前上、結婚式は一生に一度だろうからこれぐらいのことはしたいと思うのでしょう。できれば、一度と言わず二度三度してみたいと思わせたら勝ちなんじゃないでしょうか」

そう言うと、沖田は破顔一笑した。

「それが狙《ねら》いだと言ったら客は怒るだろうがな。まさしく花岡の言うとおり、二度でも三度でもしたくなるようなプランを俺は目指しているんだ。このへんは大規模な会議が行えるコンベンションセンターが近くにあるおかげで、それ狙いのプランを考えればいいというのが三浦たちの言い分なんだ。だが、最近の企業はどこも財政事情が厳しくなっているだろう。だったら、次の対象は個人客だ。ある程度金をかけていいと誰もが思ってる結婚式に焦点を定めるのは間違っていないはずなんだ」

「そうですね。……私もそう思います」

声がうわずり、慌てて冷えたコーヒーを飲んだ。

隣に座っているだけで落ち着かなくなってくるのが、自分でも頭の痛いところだ。

——たかだかセックスしただけじゃないか。それも、こいつにとっちゃ口止めのひとつだ。もとからそういう趣味なのかどうか知らないが、男の俺を相手にためらう素振りはなにひとつなかったんだから、口止め以外に深い理由があるはずない。考えるのはやめろ。

そういう自分だって、あとにも先にも覚えがないほど沖田を欲した。それがつまり、女性に抱くのと同じような感情に基づくものだとしたら、どうなるのか。

考えているうちにほんとうに頭が痛くなってきて、ジャケットの胸ポケットから鎮痛剤を取り出して飲み込んだ。

それに気づいたらしい沖田が、「頭痛がするのか」と言う。

「ええ、少し。でも薬を飲んだから大丈夫です」

こめかみを揉みつつ、そろって部屋を出た。腕時計を見れば、十時半過ぎ。このあと、沖田は支配人室に戻り、書類整理をすることになっている。

そのあいだにでも、岩崎ワイナリーに電話をしてやろうと考えながらオフィスフロア行きの専用エレベーターに乗り込んだ。

ふかふかした絨毯《じゅうたん》が敷き詰められた箱に乗り込み、二十五階のボタンを押す。鈍い色を放つ銀盤上でぽうっと灯りのついた数字を眺める。隣から伝わってくる温度が気になって仕方がなかった。

きりきりとこめかみを刺す痛みをやわらげようと、腕を持ち上げたときだった。

「花岡」

「はい」

反射的に振り返ると、沖田が見下ろしている。

「頭が痛いのは俺のせいか？」

どことなく笑いを含んだ声にとまどっていると、唐突に胸ぐらを摑《つか》み上げられた。急すぎる展開に、金色の手すりに摑まる余裕もない。

「ちょっと、支配人……！」

ガタン、と箱が揺れる。あとに続く声は重なるくちびるにかき消され、唯は闇雲《やみくも》に沖田の胸や腕を叩《たた》いたが、びくともしない。

「ん、……う……っ」

顎を摑む指や、絡み込んでくる舌の熱が唯を縛りつける。抑え込んでいた情欲に火がつきそうだった。

沖田の強引なキスに溺《おぼ》れたら負ける。力任せに腕をふりほどき、「か、……監視カメラ、回ってるんだろう！」と舌をもつれさせた。

防犯上、どこのエレベーターにも監視カメラがついている。いま、自分たちが乗っているエレベーターも同様に。粗めのモノクロ映像でも誰が乗っているか、顔の判別はつく。支配人の立場にある沖田が男の胸ぐらを摑んで喧嘩《けんか》をするでもなく、キスしている場面を警備の人間が見たら、大騒ぎになるに違いない。

するとと、沖田は「いまの時間は点検中だから、動いていない」と口の端で笑い、もう一度くちづけてきた。

鼻先が触れるキスはしだいに深みを増し、唯によそ見することも許さなかった。

「……っ……ん、っ……」

くちびるの端を軽く咬《か》まれ、舐《な》められる。それを繰り返されるうちに身体の力が抜けてきて、知らぬ間に沖田にしがみついていた。おざなりのキスとは違う温度の高さに朦朧《もうろう》としてくる。

眉をつり上げる男は余裕たっぷりといった風情で、ますます腹立たしい。

「男とするのは初めてなんだろう」

「……そんな、わけがないだろう」

つい、つまらぬ意地を張ってしまったが、掠れた声で言っても説得力に欠ける。

舌打ちしてよじれたネクタイを直していると、エレベーターが止まった。二十五階だ。

先に下りた沖田が開閉ボタンを押しながら肩越しに振り返り、ふっと笑う。

「頭が痛いなら少し休んでろ。ラウンジで紅茶でも飲んでくればいい。……ネクタイもちゃんと直しておけよ」

呆気《あっけ》に取られた隙《すき》に、笑い声を向こうにエレベーターの扉が閉まる。

「くそ……あんたのせいじゃないか！」

悔しまぎれに叫び、思いきり扉を蹴《け》りつけた。

頭痛はいつの間にか、どこかへと消え去っていた。


どういうつもりなんだろう。なにを考えて、あいつはあんなことをするんだろう。からかわれ続けるのはまったく性に合わない。いまいましいかぎりだ。

早くネタを摑むなりなんなりして、あそこを出ればいいだけの話だが、むろん沖田のほうも用心しているのだろう。容易に尻尾を出さない。

眉間に縦皺《たてじわ》を刻みつつ、しばらくぶりに倉下《くらした》の店に寄っていくことにした。腹が減っていたのもあるが、陽気な倉下と喋《しゃべ》って気晴らしをしたかったのだ。

どうも最近、調子が狂いっぱなしだ。ため息をつきながら倉下の店に入ると、今夜は多くの客でいっぱいだった。

「よう、花岡くん、ご飯食べに来たの？」

厨房《ちゅうぼう》から、額に汗を浮かべた顔をのぞかせる倉下に、唯は「うん、でも混んでるみたいだね」と店内を見回す。

それぞれのテーブルで、家族連れや若いカップルが楽しげに食事するかたわら、ウエイターたちがきびきび働くという光景は見ていて気持ちがいい。

隅々にまで倉下らしい温かさが感じられる店。ここも、そろそろ行列ができるようになるのだろうか。

旨《うま》くてリーズナブル、しかも気の張らないフレンチならば、誰でも一度は来てみたいと思うだろう。そして、彼らの七割は確実にリピーターとなっていくのだ。

「厨房の隅っこでよければおいでよ。今日はいい牡蠣《かき》が入ったから、スープをつくったんだよ。食べていきな」

「いい？　ごめん、腹減ってるんだ。じゃ、失礼します」

屈託ない倉下の笑顔に誘われて、レジ横から厨房に入った。

「そこの椅子に座っていいよ。まずは牡蠣のサフランスープ、ほうれん草も入ってて旨いよ。メインは牛フィレのステーキね。今晩は醬油《しょうゆ》のソースをかけてるんだ。そこのゆず胡椒《こしょう》、パパッとかけてみな。これがもう、ほっぺた落ちるぐらいイケるからさ」

ぴかぴかに磨かれた調理台に、どんどん料理が置かれていく。「いただきます」の言葉もそこそこに、唯は熱いスープを一口含んだ。

「ホントだ……旨いね、これ」

「だろ？　牡蠣がいい味出してんだよな。俺も嬉しくなっちゃってさ、つくったそばから三杯食っちまった」

豪快に笑う倉下のそばで、もうひとりの顔なじみであるシェフの池野《いけの》がくすくすと笑っている。

「倉下さんね、僕が止めなきゃ鍋いっぱいのスープを開店前に食べ尽くしてたよ」

「やりそうだね、このひとなら」

唯も笑顔で頷く。肩肘《かたひじ》張らずにすむ、この店の空気が心地よかった。

「そういやさ、アレどうなったの、アレ」

「アレってなに？」

にんまり笑う倉下を尻目に、香ばしい醤油のソースがかかったステーキを切り分けた。ナイフを使わなくてもちぎれるほどのやわらかさだ。

「まーたまたとぼけちゃって。このあいだ言ってたじゃない、好きなひとがいるってさ。あのあとどうなったんだよ。教えろよ」

耳打ちしてくる倉下に、本気で噎《む》せた。

「そんなこと言ってないよ、俺は……」

「ああ、いいよいいよ。全部言わなくたって顔見りゃわかるし。ハハハハハ」

まだなにも言っていないうちから笑い出すシェフを睨んだが、あまり効果はなかったようだ。

「——好きかどうかもわからないんだよ」

「なんだよそりゃ」

ひと息入れるために、エスプレッソをそそいだカップを持って倉下がそばの椅子に腰を下ろす。

「気になる存在だけど、好きかどうなのかって考えたらわからなくなるんだよ」

率直に打ち明けると、倉下は神妙な顔をする。それから、素《す》っ頓狂《とんきょう》なことを訊ねてきた。

「花岡くん、そのひととキスしたいって思ったか？　手、つなぎたいとか、抱き締めたいとか、そういうことしたいと思うか？」

「な、なに言うんだよ、突然」

小声であるにしろ、フレンチレストランの厨房でこんなことを聞かれるとは思わなかった。どうもこの手の不意打ちには弱いらしい。

常々度胸はあるほうだと思っていたが、それは仕事においてのみ。こうしたデリケートな場面になると、とたんに及び腰になってしまう。

「べつにいやらしいこと言ってんじゃなくてさ、大事なことだよ。誰も興味がまったくない奴や嫌いな奴には触れたくないだろ。手をつなぎたいぐらいだったら友情の域を越えてないかもしれないけど、キスしたいとか抱き締めたいとか思ったら、そりゃ間違いなく恋だろ、恋」

どこかで聞いたようなフレーズを口にする倉下に、「おもしろがってるでしょう」とぶつぶつ言い、熱くなる耳を無視して料理を平らげた。

「そうそう、花岡くんだから言うけどさ。俺、近々この店を辞めるんだよ」

思いがけない方向に話がそれ、唯は「ほんとうに？」と驚いてしまう。

「うん、もともとここには長くいるつもりじゃなかったんだよ。知人に頼まれて、あいつを独り立ちさせるのが目的だったから」

目顔で指された池野が微笑みながら、ぺこりと頭を下げる。

見たところ、唯とそうたいして年の変わらない彼が、本来この店のメインシェフになる予定だったらしい。

「やっと店も軌道に乗ってきたし、そろそろいいかなってね」

「そうなんだ、……残念だよ。倉下さんの料理も、こうして話すのも、好きだったんだけどな」

「そう言ってくれるとシェフ冥利《みょうり》につきるねえ」

倉下の味は池野が継いでくれるだろうから今後も楽しめるだろうが、気軽に話せていた相手がいなくなるのはやはり寂しい。

「次の店はもう決まってるの？」

「まだ。これからゆっくり考えるよ」

「倉下さんぐらいの腕だったら、たくさん引き合いが来てるでしょう」

「まあね、それなりにね」

片目をぱちりとつむる倉下に笑い、「次の店が決まったら教えてくださいよ。これからもここに来るけどさ、倉下さんにまた会いたいよ」と唯は言った。

「嬉しいこと言ってくれるね。決まったらかならず連絡するよ。じゃ、花岡くんにとっておきのエスプレッソを淹《い》れてやろう」

温かみのある花模様が描かれたデミタスカップに、倉下が慣れた手つきでエスプレッソマシンから濃い液体をそそぐ。

「知ってるか？　日本じゃエスプレッソっていうと、〝急行、急速〟を意味しているって考えるひとが多いけど、もうひとつ、ロマンチックな説があるんだよ。俺が奥さんにプロポーズ代わりにエスプレッソを淹れたんだけどさ、そのときの話、聞いてみたい？　聞きたいだろ？」

これには声をあげて笑ってしまった。

「教えてよ」

「英語で言うと〝coffee expressly for you〟、あなたのためだけに特別に淹れたコーヒーってのが、エスプレッソの語源だとも言われてるんだよな。どうよ、ちょっとグッとくるだろ。花岡くんもこのネタどっかで使いなよ。特別に俺が許可する」

はいどうぞ、と差し出されたカップから立ち上るいい香りがあたりに広がっていく。

唯はうつむく。倉下のアドバイスを本気で実行しようとは思わないけれど、それでも胸にある気持ちを言葉にしたかった。

どう言ったところで、つたない言葉にしかならないことは痛いほどわかっているが、熱いエスプレッソで凝り固まった意地がとけてしまえばいいと思う。

「さっきの話、だけどさ……、したいと思った」

「あ、そう。じゃ、自分の気持ちに素直になりな」

主語を省いた会話に、互いに笑った。

倉下の言うことは当たっている。

キスしたかったし、抱き締めたかった。

同性の沖田にそう思ったとまでは、とても打ち明けられなかったけれど、嘘じゃない。だから、晩餐会《ばんさんかい》があった日の夜、ろくな抵抗もせずに沖田を受け入れたのだ。

こころのどこかで、そうしたいと思っていたからだ。自分でもそうと気づかない間に惹《ひ》かれてしまったから、あのとき、常識もなにもかも吹っ飛ばして彼のジャケットを摑んだのだ。

自宅に戻り、唯は長いこと仕事部屋のコルクボードを見つめていた。

過去に三度破って、三度刷り直した沖田の写真。

深いため息をついてパソコンを立ち上げ、書き溜めてきた沖田のデータを読み込む。

身元がばれてしまったいまでは、どれもこれも屑《くず》な情報にしか見えない。内部分裂の一件をおもしろ可笑しく書いてもいいのだが、沖田もそれ程度では揺らがないだろう。

政治家とつながっているという話だって、しっかりした証拠を摑んでいるわけではない。違法献金をしているのではなく、ただのつき合いでしかなかったら、こっちが笑いものにされるだけである。

これから先、どうすればいいのか皆目わからない。彼に対する気持ちを認めたところで、なにかが始まるとは思えなかった。

どうすればいいんだ。

ぼやける視界に沖田を映し、唯は呟いた。

こんなくだらない問いに答えが出るはずがないと知っているのに。

岩崎ワイナリーの試飲会をセッティングした日の昼前、ひとりで昼食を取ろうとラウンジに向かうと、加藤とばったり会った。

「よう、ネタは集まったのか?」

胡散臭い「出張」という名目を掲げ、本来の秘書業務を唯に任せきりにしている男が、「一緒に昼飯でもどうだ」と誘ってきたので、唯も頷いた。

断る理由はないし、いっそのこと彼から提供される怪しげなネタを元にセンセーショナルな記事を書き、クラヴィア横浜を去ろうかという考えも一瞬浮かんだ。

最初に沖田と出会ったラウンジで、サンドイッチと飲み物がついたランチを頼み、加藤と向かい合わせに座る。

ほどなくして、端っこが少し反り返ったサンドイッチと紅茶が運ばれてくる。そのあいだ、加藤は煙草《たばこ》を立て続けに吸い、テーブルにもスーツにもぱらぱらと灰が散っていた。

クラヴィアのラウンジで出すにはお粗末なサンドイッチを嚙むのと同時に、加藤が口火を切った。

「来週の会議で沖田をリコールする。あいつももうおしまいだ」

唯は弾《はじ》かれたように顔を上げ、「署名は集まったんですか」と語気鋭く聞いた。

「ああ、半分がたな。あとの半分は会議までになにがなんでも集める」

唯の態度の変化を勘違いしているのか、加藤は機嫌よさそうに笑い、サンドイッチを口に押し込み、アイスコーヒーで飲み下している。

このサンドイッチが旨いかまずいかの判別もつかない男に、なにができるのだろう。

総料理長の橋田《はしだ》がみずからサンドイッチをつくっているわけではないにしても、彼の指示がゆるいから、端々の料理まで気の抜けたものになってしまうのだ。

そう揶揄《やゆ》したところで、計画は着々と進んでいることに変わりはない。

「それと」と声をひそめ、加藤が脇に置いていた鞄《かばん》から透明なケースに入ったＭＯディスクを取り出し、テーブルにすべらせてくる。

「これを渡しておく。二か月前頃にあったパーティで撮ったものなんだ。ある政治家に沖田が金を渡しているところがはっきり映ってる。こいつを使って早いところ記事にしろ」

頭ごなしに命じてくる加藤に辟易《へきえき》しながら、唯はひとまずディスクを受け取った。

なかなか証拠を摑まない自分に業を煮やしたのだろう。文句を言える立場ではないから、口をつぐんだ。

しかし、なぜいまになって二か月も前に行われたパーティの画像を出してくるのか。

先日の晩餐会でも、沖田は外務省の副大臣と接触していた。彼らのあいだで白い封筒がやり取りされていたのも、しっかり記憶している。

たぶん、加藤はそれを知らないのだろう。わざわざ言ってやることもないと考えながらも、どこか不信感が残った。

「そいつが世の中に出ると同時に、料理長と副支配人がクラヴィアを辞めて別ホテルに行くことになっているんだ。当然俺もついていく。ま、クラヴィアの評判はがた落ちだろうな」

とくとくとして語る加藤は、自分と沖田の関係が微妙に変化していることなど少しも気づいていないらしい。

唯は総料理長の橋田に直接会ったことはない。

だが、クラヴィアでの仕事になんの情熱も抱いてないことは沖田の言葉によって知っていたし、このまずいサンドイッチと香りの飛んだ紅茶を飲めばわかる。

三浦たちは沖田を退陣に追い込むだけでなく、クラヴィアも捨てようとしている。そのことを責めるつもりは毛頭ないが、あまりに陰湿なやり方には反吐《へど》が出そうだ。

「帰ったら中身を確かめます。念のため聞きますが、偽造してませんよね？」

「わざわざそんなことするか。本物の沖田が映ってるに決まってるだろう」

一転して不機嫌な顔で煙草を吸い込む加藤に、「すみません、単なる確認ですから気を悪くしないでください」と取りなした。

画像に手を加えられるようなスキルを持っている男とは思えない。となれば、これは本物でしかないということだ。

暗澹《あんたん》たる気分で加藤と別れたあと、岩崎ワイナリーの試飲会に立ち会うため、支配人室に戻った。

加藤はリコールに賛成する署名を半分集めたと言っていた。

もし実際に賛成票が出そろってリコールされた場合、クラヴィア本社はどう対応するのだろう。沖田を辞めさせないまでも事の次第を重く見て、別ホテル、あるいはまったく違う部署へと左遷するだろうか。

首脳陣をまとめられないのは、トップに立つ者として能力が欠けている。スタンドプレイが目に余ると判断を下されてもおかしくない。

少し前の自分だったら、沖田の今後に気を回すなんてことはしなかった。彼はスクープ対象でしかなく、旨味のあるネタを提供してくれればいい、そうとしか考えていなかったのだ。

だが、知らぬ間にこころは微妙に傾いている。勝手にバランスを崩したのは自分だとわかっていても、開き直ることができなかった。

第一に、沖田は同性だ。バイであったとしても、唯とのことは単なる気まぐれのひとつで、口止めのためにやったことだろうと思えた。

ちょっとした思いつきを軽々と実行に移せる男ほど、怖いものはない。自分もそういう類の人間だからよくわかるのだ。やってみたい、知りたいと思った瞬間に動き出し、止まれなくなる。もしも止まるときが来るとしたら、対象物に飽きたときだ。

第二に、仮にもクラヴィア横浜というホテルの総支配人という肩書きを持つ男と、一介のフリーライターである自分とでは差がありすぎた。これぱかりは、どうやっても埋めることのできない溝だ。

なんのうしろ盾もないフリーの自分を蔑《さげす》んだことはない。むしろ、堅苦しい規則に縛られず、気楽さと刺激に満ちたいまの仕事は合っていると思っている。

だけど、沖田と自分とではやはり住んでいる世界が違いすぎて、たとえ想ったところでどうにもならないような気がした。

――こんなことに頭を悩ませるなんて、俺らしくもない。

そううそぶくのが、精一杯だ。

岩崎ワイナリーはあらかじめ聞いていたとおり、こぢんまりした企業のようだった。まだ若い夫婦が緊張した面持ちで約束の十五時ぴったりに総支配人室を訪れ、唯は笑顔で出迎えた。

「遠いところからわざわざご足労いただいてすみません」

「いいえ、こちらこそ何度もお願いしてしまって……。でも、どうしてもクラヴィア横浜に置いていただきたかったものですから、無理をお願いしてしまいました」

三十代なかばに差し掛かるワイナリーの主人、岩崎が深々と頭を下げ、「早速、試飲していただけますか」と、手にしていたボストンバッグから梱包《こんぽう》したボトルと綺麗に磨いたグラスを取り出す。

支配人室に入ってきたときから、岩崎夫婦がひどく緊張しているのはわかっていた。唯は張り詰めた空気をやわらげるように笑いかけ、ソファに案内した。

気さくに呑《の》めるおいしいワイン、というのが岩崎ワイナリーのふれこみだった。

沖田も興味深げな顔をして隣に腰を下ろし、グラスを受け取る。

唯の提案で、試飲会らしい体裁をまったく整えなかったが、格式張った形を採らなかったのは成功だったようだ。

「こちらの白は、昨年のものです。甲州葡萄《こうしゆうぶどう》でつくったやや辛口のもので、和食にもとても合います」

向かいに座った岩崎の妻がついでくれた白ワインをそろって口に含み、思わず顔を見合わせた。

「旨い、な」

「……ほんとうにおいしいですね」

「よかった、お口に合いましたか」

それまで息を詰めていた岩崎夫婦がほっとしたように笑い、もうひとつ赤ワインを勧めてくれる。

「こちらは若干甘めです。お料理はとくに選びません。たいていのものに合います」

芳醇《ほうじゅん》な香りを漂わせるワインを試飲する場合、少しだけ口に含み、香り、舌触りを確かめるものだが、あまりのまろやかさに唯も沖田もあっという間に飲み干した。

「申し訳ない、マナーがなってなくて」

「いいえ、とても嬉しいです。おいしく呑んでいただけるのは、私たちにとってなにより嬉しいことですから」

岩崎が相好を崩し、照れ笑いする沖田にもう一杯勧める。

「これほどおいしいワインなら、ほかからも声がかかるでしょう。なぜうちを選んでくださったのですか」

「あの、じつはですね」と言って、岩崎の妻が恥ずかしそうに笑った。

「私たち、二年前にこのクラヴィア横浜で式を挙げたんです。いまは家業を継いだ主人について山梨に移り住みましたが、もともと私が横浜育ちだったものですから、それで。そのときの結婚式がとても素敵だったんです。事前の打ち合わせから親身になってくださって、当日も最後までほんとうによくお世話してくださいました。だから、いつかクラヴィアに選んでもらえるようなワインをつくるのがふたりの夢だったんです」

「とても素敵な結婚式にしてもらえたんですよ。料理もおいしかったし、皆さん親切にしてくださって――嬉しかったんです。いまでもよく覚えてますし、両親も喜んでました。『あんな式だったら、もう一度挙げてもいいわね』なんて冗談を言うぐらいで」

朴訥《ぼくとつ》とした人柄の夫婦に、沖田は微笑んでいる。

彼がどんな気持ちなのか、唯にもわかるようだった。

二年前といえば沖田が総支配人に就任して一年、総料理長の橋田もまだ、いまよりまともな料理指導をしていた頃だろう。

「――こちらこそ、そんなふうにご記憶くださっていただいたのはとても光栄です。それで、実際のところ、年間生産量はどれぐらいですか？　ある程度の在庫はそろっている状態ですか」

「家族でやっているものですから、あまり多くはつくれないんです。それに、無理して大量生産してしまうと、どうしても味の均一化が図れないので……すみません」

具体的な生産量を口にした岩崎に、沖田はひとつ頷く。

「わかりました。それじゃ、年間の六割をうちで引き受けましょう。これだけおいしいものならお客さまも喜びますし、国内産のワインのイメージが一新しますよ。ブライダルプランのほうでも扱えるようにします。仕入れ価格や時期など詳しいことは追々打ち合わせていきましょうか」

「……ありがとうございます！」

「あの、これ、どうぞホテルの皆さんで呑んでください」

顔をくしゃくしゃにして喜ぶ岩崎が、何本ものボトルが入った紙袋を唯に押しつけてくる。

取り出してみれば、一本一本にシンプルで洒落《しゃれ》たラベルが貼られている。きっとこれも、彼らの手製なのだろう。

「希少価値が高くておいしいワインを扱えるというのは、クラヴィアにとっても大変なメリットになります。いままで何度も試飲会の申し出を断って申し訳なかった。これからよろしくお願いします」

「いえ、あの、こちらこそ、ほんとうによろしくお願いします」

深々と一礼する支配人に、岩崎夫婦も慌てて立ち上がって頭を下げる。ちょっとばかりほろりとくる光景に、唯は微笑んだ。

「……おまえのおかげだな」

沖田が笑いかけてきたのは、岩崎ワイナリーが帰った直後のことだった。

栓を抜いたワインを飲み残すのはもったいないからと、互いにつぎ合った。

十七時を回ったばかりなのに、酒を呑んでもいいのだろうか。そう呟くと、「たまにはいいだろう。今日はこの後とくに重要な仕事も入ってない」とあっさり返されてしまった。

「あのワイナリーが旨いとおまえに言われなかったら見逃してたところだった。ありがとう」

「は、……いいえ、たまたま私も友人にもらったのがきっかけですから……」

「その硬い口調はいい加減よせ。身元はもうばれてるんだぞ」

ちいさく噴き出す沖田をひと睨みし、グラスに残ったワインを飲み干す。

「さすがはフリーライターだけあるな。情報量が半端じゃない」

「褒めてもなにも出ないぞ」

「だろうな。逆におもしろ可笑しく書かれるのがオチだ」

肩をすくめる男に、ちくりと胸が痛む。彼の言うとおり、それが目的で近づいたのだから、皮肉られても当然だ。

沖田は立ち上がり、窓辺に歩み寄る。唯も彼の背中を追って、窓の外に視線を移す。

鬱陶《うっとう》しい梅雨《つゆ》の季節だが、晴れた日の太陽は本格的な夏の暑さがすぐそこまで近づいていることを思わせるまぶしさだ。

今日もそうだった。朝から一日よく晴れていた。夕暮れのいまなら、海から横浜の街すべてに向かって心地よい風が吹いているだろう。

「花岡は観覧車が好きか？」

いきなり聞かれて、困った。好きか嫌いかと言われても、子どもの頃にしか乗った覚えがないから、どんな感じの乗り物だったか曖昧《あいまい》だ。

「じゃ、乗りに行こう」

答える前に沖田が歩き出す。

「いまから乗るのか？　あんなものに乗ったら酔いそうだ」

「高所恐怖症ってわけじゃないだろう。あそこのてっぺんから見る景色は綺麗だぞ。一度ぐらい見ておけよ」

足早に歩く沖田のあとを慌てて追い、ホテルの外へと出た。

涼しい風が火照《ほて》った頬を撫《な》で、ジャケットの裾《すそ》をひるがえしていく。背後を振り返ると、いくつもの部屋に灯りがついたクラヴィア横浜がそびえ立っている。

男ふたりで観覧車に乗るという馬鹿げた構図には、苦笑いしか出てこない。

ホテルのそばにある世界最大級の観覧車に、沖田はちょくちょく乗っているようだ。顔なじみらしい係官が、「こんにちは」と笑顔で声をかけてくる。

「女性がふたり連れで乗るっていうのはよくありますけど、男性のお客さんがふたりで乗るっていうのは初めて見ました」

「めったに見られないよな」

係官と笑い合い、チケットを渡した沖田が先に丸い形をした箱に乗り込む。向かい合わせに唯も座った。

中途半端な時間のせいか、ほかの客はあまりいない。円周に沿って動く観覧車は最高到達点一一二・五メートルを誇り、一周するのに約三十分と長い。

久しく乗ったことのない観覧車内で唯は、窓ガラスに両手をあて、真下にあるアミューズメントパークや近くのショッピングモールを眺めた。

高い場所は怖くないけれど、もしこれで足下が透けて見えていたらと思うと、冷や汗が出そうだ。

『……右手に見えるのは赤レンガ倉庫で……』

観覧車内に響くアナウンスに従って右を向くと、海沿いに濃い赤のレンガが特徴的な建物が二棟見える。

「あそこには洒落たショップがいくつも入ってるんだ。コンサートや美術展が開かれることもある。このあいだは、どこかの車メーカーが広場を使って昔のマシンをたくさん展示してたな」

「そうなのか」

「向こうのほう、海沿いに緑が見えるだろう。あれが山下公園《やましたこうえん》だ。あの近くに国際客船が出入りする大桟橋ふ頭があるんだが、設計が見事なんだ。曲線の多い敷地を隙間《すきま》なく木の板で埋め尽くしていて、屋上広場からの夜景を楽しむ観光客も多い。今度、おまえも行ってみろよ」

「ふぅん……」

思えば、横浜の街をじっくりと見渡すのは初めてかもしれなかった。ここ横浜に来る目的はクラヴィア潜入のため、沖田に近づいて情報を手にするためだけだった。

だった、とこころの裡《うち》で呟いたのが過去形だということに、唯自身気づいていた。

いまや当初の目的を見失い、愚かにも沖田個人に興味を抱いてしまっている。

「ひとが豆粒みたいに見える」

「そうだな」

ぽつりと呟き、沖田も眼下に広がる景色にじっと見入っている。

「あのどこかにまぎれ込んだら、誰も俺がクラヴィア横浜のトップだとはわからないだろうな」

言葉そのものは傲慢《ごうまん》極まりないが、淡々とした口調に唯は首をひねる。

クラヴィア横浜総支配人と名札をつけて歩いているわけではなし。そんなことをやれば、ただの馬鹿だ。業界に詳しい人間だったら沖田の顔を知っているだろうけれど、誰もが知っているような芸能人やスポーツ選手とはわけがちがう。

当然だろうと喉元《のどもと》まで出かかった言葉を、直前ですり替えた。

「あんた、……仕事がつらいのか」

沖田は瞠目《どうもく》している。

「つらい？　そんなことは考えたことがなかった。なんだ、もしかして俺が滅入ってるとでも思ったのか」

ちょっとした同情心も一笑に付されて気を悪くする唯をよそに、彼はただひたすら愉快そうだった。

「加藤や三浦が俺の失脚を狙っていろいろやっているらしいな」

唯はなにも言わなかった。だけど、この沈黙が答えになることもわかっている。

沖田を追いつめる火種になるだろう証拠が入っている胸ポケットを、無意識のうちに押さえていた。

「三浦は俺が総支配人になった当時から、俺を追い落とすための計画を立てていたみたいだ。

総料理長の橋田を手なずけ、次に加藤を引き込んだ。橋田はもともと三浦が連れてきた奴だからしょうがないとしても、加藤を選ぶとは俺も驚いたよ」

「どうして」

「あいつが満足に仕事ができないことは、花岡もよく知っているだろう？　以前は宴会部の部長だったが、料理長の橋田と同じく、加藤もまったく計算のできない奴なんだ。口だけは達者だから、騙される奴も多くてな。以前の支配人はそれが見抜けなかったらしい。おかげでずいぶんと赤字を出して、いまじゃ本社で再教育させられてるよ。このあいだの晩餐会のようなものを加藤にやらせたら、大変なことになってた」

「どんなふうに？」

首を傾《かし》げると、「そうだな」と沖田は思案顔をする。

「あらかじめ客の人数がわかっているのに、多めに見積もったプランを出してくる。そのくせ、客の嗜好《しこう》を無視して、いつも無難な線でまとめようとする。もしも、花岡が海外でパーティに招かれたと考えてくれ。食べ慣れてる日本食がまったくなくて、出てくる料理が口に合わないものばかりだったらつらいだろう？」

「まあ、そうだな……」

「その逆に、日本食のオンパレードだったら、せっかく海外に来たのに現地の味が確かめられなくてつまらないよな。加藤の出す案は、客がどんなものを期待しているかまったく考慮していない。〝パーティとはこういうもの〟というイメージがひとつしかないから、いつだって印象の薄い案しか出さない。そのうえ、予算と内容が噛み合ってないんだ。多額の金をかけるのに内容はありきたりときたら、宴会部のほかのメンバーだって嫌気が差してくる。……内々にそういう報告が届いていたこともあったし、どうも加藤の動きには怪しいところがあったから、二年前から俺の秘書にしたんだ」

「なんでまた、わざわざそんな危険を冒したんだ？　よく言うじゃないか、獅子《しし》身中の虫って。加藤を囲い込んで、逆に弱みを握られる可能性を考えなかったのか？」

「たとえば、おまえを潜り込ませたように？」

見事に切り返されて言葉もないが、沖田は穏やかに笑っている。

「俺を見損なうな。加藤がなにを考えておまえを引き込んだか、想像はついていたよ。あいつを手元に置いたのは本社の命令でもあったんだ。再教育しろと言われていたからな。長年勤めてきたところで、ろくに業績をアップさせられない奴の給料や地位を上げるということをクラヴィアはしないんだ。場合によっては、今回の加藤や前の総支配人のように降格させたうえで再教育する。そういう意味でも目を離さないことが大事だったんだが、そろそろ返り討ちに遭う頃かもしれないとも考えてた。ただ……、ひとつだけ誤算があった」

「なんだ」

「おまえ本人だよ、花岡」

「……俺が？」

「ああ。最初に会ったとき、おまえは記憶力と瞬発力、決断力に自信があると言ったよな。俺はそれを自分の目で確かめた。組織に飼われている俺や三浦、加藤と違って、おまえはなんのうしろ盾もない。すべて自分で考えて、調べて、形にする。俺たちとはまったく異なる軸で動いている。視野の広さや柔軟性には正直脱帽したよ。秘書経験もないのに、質問に次々と答えた。それも、こっちの予想を超えた角度からの答えばかりだったのには驚いた。晩餐会の目的をひと目で見抜いた件にしても、プレジデンシャル・スイートを転用する件にしても——まさか、これほどの奴とは思ってなかった。ほんとうに、おまえには参ってるよ」

聞きようによってはきわどい意味にも取れる言葉に、愕然《がくぜん》とするほかなかった。

まさか、というのはこっちの台詞《せりふ》だ。よもや沖田が自分を認めようとは、思いもしなかった。

もしかして、からかわれているのだろうか。彼がなにを感じ、思っているのかなんて、結局のところはわからない。わからないことをあれこれとひねくり回すのは性に合わないことだとしても、やはり心許《こころもと》なかった。

——俺がこの男を追っているように、沖田もそうなんだろうか。俺を必要としてくれているんだろうか。

思春期に抱くような青臭い問いかけに、それまで理路整然としていた意識のスクリーンが乱れ、雑音が混じる。

テレビニュースを見ていたら、突然妨害電波が入り込んで画面が乱れ、うろたえている。そんな気分だ。

頭の中のチャンネルをむりやり切り替えた。夢みたいなことを考える自分を追っ払うために、思慮分別くさいもうひとりの自分が姿を現す。

そんなのは当たり前だろう。『花岡は使える』——前にそう言っていたじゃないか。沖田にとって、俺は利用価値がある。そこそこの情報網を持っていて、機転が利く。仕事を遂行するためにうってつけのパートナーというわけだ。

——なにを期待しているんだ？　彼が仕事以外で俺を必要とすることを望んだのか？　俺を好きだとでも言うと思ったか？

苦笑する沖田は膝《ひざ》のあいだで、両手を開いたり閉じたり。

節のはっきりした長い指が、彼の鋼の精神を表しているように思えた。

他人がなにを考えているか目を見ればわかるとよく言うが、指もそうだと唯は思う。考えごとをしているときに机の端を軽く叩いたり、顎にあてたり。いざ決断して指示を下すときには、アイデアがよりよく伝わるように、じつになめらかな動きを見せる。

クラヴィア横浜の総支配人になる前はアメリカやマレーシアにいたというから、少々オーバーな表現が身に付いてしまっているのかもしれないが、沖田の仕草はどれも自然だ。

トップに立つことの自信と重責を熟知している男の、ためらいを感じさせない背中を常に意識していたのだと気づいて、唯はかすかにため息を漏らした。

「俺は埋もれない。クラヴィアを世界規模のホテルに押し上げたいと思っている。ここに到達するまでも障害は山のようにあったんだ。いまもそうだ。三浦派の妨害には頭を痛めているが、まあなんとかするさ」

辛辣《しんらつ》ではあるにしろ、徹底した考えにはある種の感動すら覚えてしまう。

「勝算はあるのか?」

知らず知らず声が低くなった唯に、沖田は肩をすくめる。

「本音を言えば微妙だな。とりあえずは現状のまま加藤をマークし続ける」

それきり、沖田は口を閉ざした。

その横顔にうしろめたさを感じるのはなぜなのか、唯はわかっていた。

——来週の会議で、あんたはリコールされる。要職に就く者の三分の一の賛同を集めるために、いまも加藤は駆けずり回っているはずだ。もうひとつ、政治家とのいかがわしいつながりを裏付ける写真もある。それが世間に出回れば総支配人である沖田恭一《きょういち》の名声はおろか、クラヴィア横浜のイメージも地に墜《お》ちる。なのにいま、あんたは俺とのんきに観覧車なんかに乗っている。

馬鹿だなと思った。自分も、沖田も馬鹿だ。軸一本で支えられた不安定な箱の中で高見の見物をしながら、のんびり話している場合じゃないのに。

ふたりの乗った観覧車はてっぺんを通り過ぎ、じょじょに降下していた。

窓の外に昼間のまぶしさはなく、夕暮れから夜へと移り変わっていくわずかな時間だけに見られる複雑な色の重なりが、空全体を覆い尽くしていた。

加藤や三浦は、沖田を退陣に追い込もうと息巻いている。だが、この短期間に必要な数の署名を集めることに疑わしい点はいくらでもあった。

署名を偽装しているかもしれないと最初に考えたが、重要な場面において三浦たちも稚拙《ちせつ》な真似はやらないだろう。署名させる代わりに、なんらかの餌《えさ》をちらつかせているか。もしくは、根拠のない脅しをかけているか。

三浦たちはクラヴィアを捨てて別のホテルへ行くと言っていたから、沖田リコール後の職を約束するか、あるいは金品の要求に応じているのかもしれない。だけど、それも実際に調べてみないことにはわからなかった。

ホテルスタッフが沖田を信頼していることは、唯も知っている。過去何度か沖田が彼らと接触している場面に立ち会ったが、皆、誠実だった。

客を出迎え、送り出すベルボーイもフロントスタッフも。さまざまな相談に乗るコンシェルジュも、多くの部屋を清潔にするルームキーパーも。

たとえ、客の目につかないセクションで働いていても、彼らは自分がどう動くかによって、ホテルに泊まりに来る客の気分が変わることを熟知している。だから、ホテルの舵《かじ》を握る沖田とオープンに意見交換することを当然とし、喜んでいた。

それまでの唯がイメージする総支配人というのは、現場を見ずに支配人室に閉じこもっているか、業界内外の著名人とのつき合いに忙しく飛び回っているかのどちらかだった。

沖田はそのどれでもなかった。現状にけっして満足せず、上司が積極的に動くなら、その下にいる人間も活気づくことを知っているのだろう。暇があればホテル内を見て回り、細かに気を配る。

出会ったときは横柄な奴だとしか思っていなかったのに、こうまで傾くとは。

見た目の印象など、あてにならないものだ。彼は確かに総支配人の座に座るだけの能力を持っている。

知っていることを洗いざらい打ち明ければ、彼を窮地から救えるかもしれない。だけど、安易なことを言うのは嫌だった。確証を摑むまでは、なにも言えない。加藤たちの計画も、胸にある想いも。

　現実的に考えて、彼をどう想っているか伝えたところでなにかが変わるとは唯も思っていなかった。

　同性で、最初から彼を裏切っている立場の自分になにが言えるのか。もしも好きだと言ったところで、沖田も失笑するだけだろう。

　ふたりを乗せたちいさな箱は、ゆっくりと地上へ降りていく。

　宵闇に水平線をにじませる海の向こうに、綺麗にかがやくダイヤモンドみたいな星がひとつ。太陽はすでに沈み、薄いオレンジと水色がとけあった空は、だんだんと濃い群青《ぐんじょう》へと色を変えていく。

　クラヴィア横浜や近隣に建ち並ぶビル群が暖かなイルミネーションを灯し、美しいプレゼントの箱のように見えた。海に浮かぶ観光船も丸い灯りをいくつもちりばめ、湾内を行き交っている。

　地上も明るくかがやいていた。通りを歩く彼、彼女たちの楽しげな声が、ここまで届いてきそうだった。

「綺麗だな」と沖田が言い、唯も「そうだな」と頷く。

胸に刻まれた想いの形は、微妙に変化している。

彼に抱いていた想いをたとえれば、はじめは傷ひとつないステンレスの板に似た、なんの起伏もないものだった。

それがいつしか刻まれ、尖《とが》り、丸まり、やがてひとつの結晶となった。

いまでは、あの金平糖のような星みたいにいくつものちいさな棘《とげ》を持つ、硬く甘いものになって、胸の底できらきらしている。

彼を理解したいと思っている。興味本位で知りたい、のではない。

どんなことを考え、どんなふうに暮らし、これからなにをするのか。

理解したかった。沖田が好きだった。こころの深いところへと下りて、彼の特別になりたかった。

だけど、間違ってもそんなことを素面で言える性格ではないから、口を閉ざすのにかぎる。

窓の外を見ている男の横顔を見つめ、ついで唯もたくさんの灯りに包まれていく街を映す。

夢の時間は終わりに近づいていた。

翌日は休みだった。十時過ぎに目を覚ました唯《ゆい》はパジャマ姿のままでパソコンの前に座った。寝癖のついた髪をかき回し、昨日加藤《かとう》から受け取ったMOディスクをドライブに放り込んで画像を読み込むあいだ、ずっとぼんやりしていた。

奇妙な焦燥感に囚《とら》われたまま眠りについたせいか、夢は混沌《こんとん》としていた。コルクボードに貼り付けてある写真と同じ顔の沖田《おきた》が何度も出てきて、合間に加藤や三浦《みうら》、名前の知らないスタッフたちの顔がコマ送りのように入り乱れた。

「……これか」

画像処理ソフトを使い、問題の画像を拡大させる。

望遠レンズで写したのだろうか。やや粗い画像ながらも、沖田ともうひとりの男の顔がはっきり認識できた。もうひとりの男は、先日の晩餐会《ばんさんかい》でも見た外務省の副大臣だ。彼らが白い封筒を手渡し合っているところもしっかり写っている。

細部まで確認し、不自然な継ぎ目も加工した痕《あと》もないことに顔をしかめた。

そもそも沖田のスキャンダルを手に入れるため、クラヴィアに潜入した。加藤たちの言う失脚までは狙《ねら》っていないが、これが世に出れば沖田退陣に自分も荷担したのと同じだ。

絶好のチャンスを前にして迷っているなんて、どうかしている。加藤の言うとおり、おとなしくこのネタを記事にすれば、半年間の記名原稿は手に入ったも同然である。

行動力あるフリーライターとして脚光を浴びるのは間違いないだろうし、仕事はいままで以上に舞い込んでくるはずだ。

だが、彼に敵愾心《てきがいしん》を抱いているときだったらともかく、いまはそうする気になれなかった。

組んだ両手に額を押しつけ、力なく瞼を閉じた。

この画像が本物なのかどうか、本人に確かめる必要がある。

『こいつは本物なのか』と正面から切り込んだところで、白を切られるのがオチだろうが、それでも聞かずにはいられないだろう。

沖田は清廉潔白とは言い難いが、馬鹿ではない。

この写真もパーティの最中に撮ったものだと加藤は言っていたけれど、沖田のような男がわざわざひと目につくやり方で政治家に接触を図るとは思えないのだ。

それに、リコールに関する署名の行方《ゆくえ》も気になる。

画像はさておき、沖田を頂点にクラヴィア横浜《よこはま》を構成する人物に関する書類を呼び出す。

潜入すると決まったとき、唯はあらかじめクラヴィアの組織図をつくっていた。そして、会議やホテル内で彼らに会ったときの自分なりの印象をその都度書き加えていた。

クラヴィア横浜の要職は多岐に亘る。総支配人以下、宿泊部門や飲料部門、宴会部門、施設部門、それに経理、総務といったセクション以下、さらに各部門を補佐する人間が名を連ねている。

要職とされる部長クラスの人間は全部で四十名。このうち、三分の一の賛同があれば、沖田はリコールされる。

総料理長の橋田《はしだ》も、要職のひとりだ。副支配人の三浦はもちろんだが、クラヴィア横浜で出される料理のすべてを取り仕切る橋田が抜ければ、あのホテルはとたんに立ちゆかなくなるだろう。

壁にかかった丸時計を見れば、十一時半。ぐずぐずしている暇はなかった。今日は水曜日、会議は来週月曜日。もう一週間もない。こうしているあいだにも、加藤たちは署名集めに奔走《ほんそう》しているのだ。

彼らに対抗する手段はただひとつ。

自分にとっての武器はなにかと考えたら、情報だ。それしかない。この数か月、操り人形のように沖田のあとをついて回っていたのではない。手にした情報を引き金にして、加藤たちに張り合ってやる。

――俺《おれ》には俺のやり方がある。相手の裏をかくならば極秘裏のうちに、かつ用意周到に。それが信念だ。

専断の処置を取ることに沖田がどう思うか、考え出すと矛先が鈍りそうだからあと回しにしたほうがいい。

彼に抱く感情をどうするかもあとで考えるとして、電話の受話器を取り上げた。

目的の人物とはすぐつながり、焦《じ》れる気持ちを抑えて用件を切り出した。

「……というわけなんですが、電話で話すにはちょっと込み入ってるんですよ。もしよかったら、今日これからお会いできませんか?」

相手は幸いにも快諾してくれた。そのことに礼を述べ、十五時半に会うことを約束して電話を切った。

急いでシャワーを浴び、ぼやけていた頭をすっきりさせたところでスーツに着替えた。

洗面台の鏡をのぞきながらネクタイを締める指先がなめらかに動いていることに、唯は諦《あきら》め気味に笑った。

この仕草も、彼に対する気持ちも、そうとは気づかないうちに自分のなかにあったのだ。

二十三時を回った頃、出先から沖田の携帯に電話した。

『どうしたんだ、今日は休みだろう』

ちいさなノイズを交えて届く声に、そうだけど、と答えて唯は訊《たず》ねた。

「まだホテルにいるのか」

『ああ、次のウエディングプランを練ってる』

ちょうどいい。もし彼が自宅にいるというなら、押しかけることも考えていたのだ。

「これから行く。話があるんだ」

沖田は即座に、『わかった』と言った。

夜遅くにいきなり会いたいと言われて、どんな用件なのかとか、明日ではだめなのかとか、普通なら聞きたくなるだろうことを一切言わない男は、『プレジデンシャル・スイートにいる』と言って電話を切った。

その十分後に、唯はプレジデンシャル・スイートルームのフロアに立っていた。

専用デスクでにこやかに微笑《ほほえ》むスタッフたちは宿泊客がいないせいか、とうに帰宅したらしく、フロアは物音ひとつしなかった。

スイートの扉をノックし、開いた。

「沖田？　どこにいるんだ」

呼びかけながら、煌々《こうこう》と灯りのついたリビングルームを抜け、キッチンをのぞく。誰もいない。

前に来たときと同じように、花瓶《かびん》には新鮮な花が生けられ、床にごみひとつ落ちていない。薄く白いカーテンが引かれた窓の向こうには、きらきらした夜景がほのかに見える。香《かぐわ》しい白い百合《ゆり》を目の端に置き、ジャケットを脱ぎながらだだっ広い部屋を歩いた。

一日中駆け回っていたせいで、汗をかいている。ついでにネクタイもゆるめた。

沖田との話を終えたら、明日からはもう締めないだろう。

そんなことを頭の隅で考えていると、「こっちだ」と声が届いてくる。

最奥のベッドルームに沖田はいた。

「ずいぶん早いじゃないか。どこから電話をかけてきたんだ?」

「ここのロビー」

薄いグリーンのソファに腰掛け、テーブルに書類を広げている沖田もシャツ姿だった。

そう言うと、沖田は訝《いぶか》しげな顔をする。それもまあ当然だろう。休みの日に、なぜホテルにいるのか。その理由はいまから話すことに関係していた。

「なにか呑《の》むか」

「いや、……ああ、やっぱりもらう。喉《のど》が渇いてるんだ」

「それじゃ、このあいだ岩崎ワイナリーからもらったワインでも呑むか」

「まだ残ってたのか」

「気に入ったんでな。個人的に買い付けた」

立ち上がり、キッチンへと向かう沖田を見送り、唯はひとり掛け用のソファに腰を下ろした。鞄《かばん》からノートパソコンを取り出し、加藤から受け取った画像を移し替えたＣＤ－ＲＯＭをセットする。

読み込んだ画像をもう一度見直したあと、さてどこから話すべきかとしばしうなだれた。

「疲れた顔をしてるな。おまえらしくもない」

笑い声が頭上から振ってきて、唯はのろのろと顔を上げた。

もう、取りつくろうことはしたくなかった。

冷静に事実を述べ、善後策を考える余裕を彼に与える。それがいまの沖田にしてやれることのすべてだ。

勘の鋭い彼なら、すぐにも動き出すだろう。

そうであることを自分も望んでいる。沖田が、クラヴィア横浜の総支配人であり続けることを願っている。

この事実を摑《つか》む過程でおまけについてきた感情を明かすのは、最後でいい。彼にとっても、自分にとってもたいしたことじゃない、明日になったら忘れてしまうような軽さで伝えられれば十分だ。

「……結論から先に言うよ」

ワインをそそいでくれる沖田の手を見つめ、唯は切り出した。

「加藤と三浦は、あんたの失脚を狙っている。そのために、来週、緊急会議を開いてあんたをリコールする計画を練っている」

グラスを満たす透明な液体が一瞬止まった。それから、またかすかな音を立ててそそがれていく。

「クラヴィア横浜の要職に就く人間のうち、三分の一が賛同すれば、総支配人に退陣を要求することができる。間違ってないか？」

「ああ、間違ってない」

ソファの縁に腕をもたせかけた沖田が頷《うなず》く。その表情は落ち着いていて、怯《おび》えも惑いもなかった。

それにあと押しされて、唯はパソコンを開き、目当ての書類を呼び出した。

「重要なセクションに就く奴は全部で四十名。そのなかには当然三浦も加藤も入っている。総料理長の橋田もだ。……この計画を俺は加藤から聞いた。ホテル・コンラッドとの晩餐会のときだ。あんたを退陣に追い込む計画の首謀者はもちろん三浦だ。彼と加藤、それに橋田は、あんたをリコールしたあと、別のホテルに移るつもりだ」

「なるほど」

「だけど、俺は加藤がそこまで首尾よく動ける奴だとは思っていない。この計画にはどこかにかならず穴がある。そう思ったから、自分なりに調べてみたんだ」

これを見てくれ、と前もってプリントアウトしておいた書類をテーブルにすべらせた。

身を乗り出した沖田とふと指先が触れ、慌てて指を引っ込めた。彼の頬《ほお》にそれとない笑みが浮かんだが、あえて見なかったことにした。

「俺は確証を摑みたかったんだ。ほんとうにあんたのリコールを望む人間がほかにいるのかどうか、知りたかった。だから、三浦たちやあんたをのぞいた部長たちに直接聞いた」

「直接？」

驚く沖田に頷き、「直接聞いた」と繰り返す。

「話が話だから、そう簡単に聞かせてもらえるとは思ってなかったよ。幸い、今日は全員出勤していたし、あんたの秘書という立場でみんな俺の顔も知っていたから、結局は――」

「聞けたというわけか。……さすがだな、話を聞き出すのはお手のものか？」

声に悪意は感じられなかったものの、唯は鳩尾《みぞおち》に力を込めて不敵に笑い返した。

「俺を舐《な》めるなよ。こっちは片っ端から情報を集めて料理することで稼いでるんだぜ。対象者から必要な情報を引き出すことも仕事のうちだ。そういうわけで、今日の大半はここにいたんだよ」

以前、彼自身が言ったのと似たような台詞《せりふ》で切り返したのが可笑《おか》しかったらしい。薄く笑った沖田はワインを呑み干し、「おまえも呑めよ」と勧めてくる。

グラスを空け、二杯目がそそがれるのを待ってから唯は先を続けた。

「誰とどんな話をしたか、いまはとりあえず省略させてくれ。ただ、あんたと三浦、加藤、橋田をのぞいた三十六名の全員に共通していたのは、誰もいまの総支配人には文句がないとのことだった。だけど、数日前に加藤は言っていたんだ。三分の一の署名の半数を集めた、来週までにかならず三分の一に達するって、自信満々に俺に言ってた」

「じゃあ、加藤は彼らを脅したのか？　それとも署名を偽装したとか……いや、それは考えにくいな。俺をリコールするとなったら、その場に役付きの人間が全員そろっているんだ。偽装なんかしたところで、すぐにばれるし……」

唸《うな》り、沖田は顎《あご》に手をあてる。

彼が考え込んでいるという光景を見るのも、めずらしい。

こんなときじゃなかったら、冷やかし気分も交えてもう少し見ていたかったが、いま悪戯《いたずら》に気をもたせるのも酷だろう。

「……あんたはすごいよ、沖田さん。俺も実際に各セクションの部長と話し合うまで、あんたがどういう人間なのかわかっていなかったよ」

「どういうことだ」

狐《きつね》につままれたような顔をする男に、本気で噴き出した。

――負けたよ、あんたにはほんとうに。

内心で呟《つぶや》き、唯は「こういうことなんだ」と言った。

「どのセクションの部長も、旧式な考えから抜け出せない三浦副支配人と加藤には頭を痛めていたらしい。誰もがクラヴィア横浜の今後を考えた場合、いままでのハイクラスホテルというイメージを脱ぎ捨てて、もっと大勢のひとが利用しやすいものになっていくべきだと考えていた。その先導者であるあんたを支援こそすれ、退陣に追い込むなんてもってのほかだ。そこで、彼らは一計を案じた。一度は総支配人退陣に賛成するふりをしようってな。三浦と加藤は、署名をすればそれ相応の金品を渡す、また次の職も約束すると言ったそうだ。もちろん、これは立派な背任行為にあたるよな。彼らは全員、そのときの会話をひそかに録音していた。万が一のときのためにな。……これを聞いたときはちょっと俺も驚いたぜ。ホテルマンが俺と同じようなことをするなんて」

「……そうだな、俺も驚いた」

唯は沖田と顔を見合わせ、笑い出す。

気ごころ知れた者だけが交わせる温かい笑いに、もっと違った形で出会えていたら——そう思わずにいられなかった。

最初に顔を合わせたラウンジで感じた印象は薄れることなく、それどころか日ごとに輪郭をあざやかにしていく。

沖田から目が離せないのは、存在感があまりに強すぎるためだ。うわべだけの押しの強さと、中身のない言葉で着飾っている加藤や三浦とはまったく異なる、本物のトップだ。やると言ったことはかならずやるし、先見の明もある。思いついたアイデアを実行させるためには、まず自分が動くフットワークのよさも兼ね備えている。

クラヴィア横浜を支えるセクションの部長たちも、それを感じ取っていたのだろう。唯が半日かけて次々に会った彼らは皆、ホテルマンに必須の完璧な笑顔とともに言っていた。

『この業界において、彼はまだまだ若い。総支配人として我々をどう引っ張っていくかという点で不安要素は確かに残る。だが、オープンしてから赤字続きだったクラヴィア横浜を三年で黒字転換させたんだ。それだけでも驚嘆《きょうたん》に値するだろう。このホテルは——』

「——変革の時期に差し掛かっている。不況のさなかに、周囲のホテルがさまざまなプランを打ち出して変貌《へんぼう》を遂げているのに、三浦たちはあくまでも〝一流のホテル〟に固執している。だけど、それは見せかけだ。客の要求するサービスが徹底していないホテルなんて、あり得ないんだ。いつかはまた、なんの苦労もせずにスイートルームの予約が埋まる時代が来るかもしれない。でも、それがいつ来るかは誰にもわからないし、お伽噺《とぎばなし》を夢見て指をくわえて待っているわけにもいかない。だったら、ホテルが時代に合わせるべきだ。客の期待を見事に裏切って、さらにその上を目指す、クラヴィア横浜だけの新しいイメージをつくるべきだ。そのためには——沖田さん、あんたが必要なんだと言っていたよ」

宴会部門の部長が言った言葉を、唯はそっくりそのまま再現した。

加藤のあとを継いで宴会全般の責務を背負うことになった男は、ことあるごとに加藤から嫌みを言われてうんざりしていたらしい。苦笑いしながら、『仕方ないことですがね、毎日会うたびに僕のやり方にケチをつけてくるんだから、あのひともよほど悔しかったんでしょう』と言っていたっけ。

ひとつの職場において、足の引っ張り合いや妨害はよくあることだ。仕事を挟んでの男同士の意地の張り合いは、とかく凄《すさ》まじい。派閥争いに巻き込まれ、勝った者が肩で風を切って歩くかたわら、閑職に追いやられ、ついには涙ながらに辞表を提出する者もいる。

それはここ、クラヴィア横浜でも同じことだ。沖田に力があると認めたからこそ、各セクションの部長はひそかに結託し、三浦派の妨害を逆手に取って、彼らを追い詰める策を練ったのだ。

沖田は黙り込み、瞼《まぶた》を伏せている。

「加藤たちの話に戻すよ。……とにかく、部長たちは三浦派を欺こうとしたんだ。次の職につながる話も、金も、彼らは必要なかった。そんな甘言に引っかかる奴はいなかったんだ。ただ、ここまで事態が大きくなってしまったらもみ消すわけにもいかない。表面上は口裏を合わせて加藤たちを安心させておいて、会議でその背任行為を明らかにしたうえで、逆に退陣を迫るつもりだったんだ」

喋《しゃべ》り続けて渇いた喉を潤すため、唯はワインボトルを取り上げ、グラスになみなみと満たす。少し呑み過ぎかなと思ったが、まだまだ話さねばならないことは残っている。

「とりあえず、いまの話で三浦派以外の人間があんたを裏切るつもりがないことはわかってもらえたと思う。なにか質問はあるか？」

「ある」

ぶつりと言葉を切った沖田は、仏頂面だ。いままでとは立場が逆になり、唯が主導権を握っていることが、やはりおもしろくないのだろうか。

「おまえに聞きたいというんじゃない。三浦や加藤はこの際いい、……早急に橋田の後釜を見つけないと、来週以降のうちは大混乱だ」

「まあそうだよな、料理が出ないホテルなんてあり得ないし」

「気軽に言うな」

じろりと睨《にら》まれて、笑いが隠せなかった。

「たぶん、こうなるだろうことは俺も予想していた。あんたにもうひとつ、いまの情報のほかにプレゼントをやるよ。倉下光昭《くらしたみつあき》という人物を知ってるか？　もしあんたさえ了承してくれれば、彼がここに来てくれる。橋田なんかよりずっと旨《うま》い料理をつくってくれるよ」

「倉下？　……倉下……」

眉間に皺《しわ》を寄せて考え込んでいた沖田が、はっと顔を上げる。

「もしかして……、あの倉下光昭か？　数年前までフランスの三つ星ホテルにいた人物じゃないか。向こうじゃ日本人で初めて料理長まで上り詰めたって聞いているが……おい、なんでそんなひとと知り合いなんだ」

「近所によく行くレストランがあって、倉下さんはそこのシェフだったんだよ。フランスのホテルにいたっていうのは、俺も今日初めて知ってびっくりしたんだけどね。知り合いの若いシェフを育て上げて暇になるって聞いてたからさ、一か八かでこの話を持ちかけたんだ。沖田さん、あんたのことも知ってた。若いのにやり手らしいねって笑ってたよ。クラヴィア横浜は前に泊まったことがあって好きだったし、よかったら力になりたいってね」

そう言った次の沖田の顔は見物だった。

見事に締めくくった唯の話に虚を衝かれた表情から一転、わずかに耳の先を赤く染めて恥じ入ったかと思ったら、さも悔しげなものに変わり、最後には——笑い出した。声をあげて笑い出した。

部屋中に弾《はじ》ける笑い声につられて、唯も一緒になって笑った。

沖田のこういうところに惹《ひ》かれたのだ。一筋縄ではいかなくて、だけど懐に入ればさまざまなものを見せてくれる。

笑いやんでもまだ可笑しいらしく、沖田は口元をゆるませている。

「やるな、ほんとうにおまえは。完敗だ」

「喜ぶのはまだ早い。最後にひとつ確認させてほしいことがあるんだ」

顔を引き締め、唯はノートパソコンに向き直ると同時に、一枚の写真を手渡した。自宅のプリンタで刷り出してきたのは、むろん、加藤が渡してきた画像だ。

「あんたと外務省の副大臣が写っている。封筒を手渡しているところもはっきり。——加藤がこれを渡してきたんだ。あんたを追い落とすもうひとつの策だ。世間的には、内部分裂よりもこっちのほうがセンセーショナルだよな。あんた個人の名前はともかく、クラヴィア横浜という名前は一般に広く知られているんだ。そのホテルの総支配人にダークなイメージがつきまとっていたら……」

ちらりと視線を向けると、沖田も浅く顎を引く。

「大ダメージだな」

「ああ、間違いなく客は離れる」

頷くあいだにも、沖田の視線は写真にそそがれていた。

このあとの彼の出方によって、なにかが変わるような気がする。

――なにが変わる？　沖田がこれを本物だと認めたら軽蔑《けいべつ》するのか？　彼に潔白を求めるつもりか？　いや、もちろんそうじゃない。俺だってけっして真っ当じゃないんだ。もしこの写真が本物だというなら、なんとかしてやる。加藤たちが騒いでもみ消すことができないなら、別の火種を見つけてきて大衆の目をそっちに向けさせるぐらいのことはしてやる。

正義感を振りかざして世に真実を問うため、なんて大仰な使命はいままでに一度も感じたことがなかった。ただ、好奇心に煽《あお》られてここまで来てしまっただけだ。だけど、どう考えてもこのときの自分はおかしかった。

沖田がほんとうに政治家と違法なつき合いをしているのだとしたら、いつかはかならず明るみに出る。唯がいくら隠し通そうとしても、ほかの誰かが――自分と同じように好奇心旺盛な誰かがネタを摑んで記事にするだろう。

粗いカラー写真をじっと見据えていた沖田が言った。

「本物だ。たぶん二か月前のパーティのときに撮られたんだろうな」

「嘘《うそ》だろ……」

きっぱり言われ、一瞬眩暈《めまい》がした。

やっぱり、という諦《あきら》めと、信じられないという疑いが交錯し、言葉が継げなかった。

沖田ともあろう者が、あの加藤に尻尾《しっぽ》を摑まれるなんて。

もっとうまいやり方だってあったのに、あんたは馬鹿だ。こんなことでキャリアを失うなんて、ほんとうに馬鹿だ。

自分のことでもないのにひどく悔しかった。彼に特別な気持ちを抱いていなかったら、スキャンダル発覚に喜び勇んでいただろうに、いまの自分ときたら混乱の極みに叩《たた》き落とされている。言いたいこと、聞きたいことが山のようにあるのに、なにひとつ満足に口にすることができず、もどかしいばかりだ。

こっちの気持ちを知ってか知らずか、沖田はワインを旨そうに呑んでいる。

「ここに写っているのは確かに俺と外務省の奴だ。……それにしても、加藤もせっぱ詰まってたんだな。封筒を渡したのは俺じゃない、政治家のほうだ。中身だって、おまえが考えているようなものじゃないぜ。このとき俺がもらったのは、彼の娘の結婚式の招待状だ」

「……なんだって？」

仰天する唯に、沖田は可笑しそうに言う。

「彼の娘が来月うちで式を挙げるんだ。俺が一からプランを立てたことに喜んでくれた父親が招いてくれただけに過ぎない。その封筒を違法献金に間違えさせようとはたいしたもんだな。ま、あの政治家もいろいろと噂《うわさ》があるから仕方ないか」

「そうだったのか、……なんだ……」

一気に強張《こわば》りがとけ、唯はため息をついてソファにもたれた。

「……そうなのか……危うく加藤に踊らされるところだった」

種明かしをされてしまえばなんてことはない、笑える結末に力が抜けた。

「心配したのか？」

「……それなりにな……」

焦点のぼやけてきた目をしばたたき、唯はパソコンを片付け立ち上がる。

「話はこれで終わりだ。仕事の邪魔をして悪かった。——明日からはもう来ないから、新しい秘書を見つけてくれ。今度はちゃんと身元を確認しろよ」

棒読みもいいところで、最後は顔を見ずに言いきった。

伝えたいことがあともうひとつあったけれど、疲れきっていた。

無理して言う必要もないだろうと強がったことを、のちのちになって悔やんだとしても、沖田に拒絶されることを考えたら言わないほうが正解だ。

脇目もふらず扉に向かう唯の背中に、「待てよ」と声が追いかけてくる。

「俺のほうは終わってない」

「終わっただろう？　俺の身元はわかってるんだし、問題も解決した。ほかになにも……」

「おまえはどうしてここに来たんだ、花岡《はなおか》。なぜわざわざ俺に会いに来たんだ？」

根本的なことを問われ、言葉に詰まる唯の足下に背後から近づく影が重なる。

「どうして加藤の言うとおりにしなかったんだ。リコールはともかく、黙ってあの写真を記事にすればおまえの手柄になったじゃないか」

いつになく静かな口調に、唯はうつむく。

「信憑性《しんぴょうせい》に欠ける記事は書かない。……でっち上げたってすぐにばれて、雑誌だけじゃなく俺まで信用されなくなる」

「——大事なのは自分の保身か。ほんとうにそれだけか？」

影が覆い被《かぶ》さり、沖田の頑丈な両腕が扉をふさぐ。彼の腕と扉に挟まれ、唯は仕方なく振り返った。

翳《かげ》った顔はまっすぐに唯を見ていた。ネクタイをゆるめていても、沖田の凛とした雰囲気が崩れることはない。

切り込むような鋭い視線を真正面から弾き返し、「そうじゃない」と呟く。

肩書きに惑わされることなく、本来の自分が持つ力のみを信じてくれた沖田という男に惹かれているのだと認めるならば、たった一度だけ。伝えるのは一度でいい。

「俺は、あんたが好きなんだ。——だから、力になりたかった」

「そうか」

「加藤の手先として入り込んだことを忘れたわけじゃない。信用されないのは仕方ないと思ってるから……」

「なるほどな」

沖田の平淡な声に、やっぱり言わなければよかったと後悔した。これで終わりだと思うと胸が軋《きし》んだ。

ついさっき、一度言えば満足できると思ったはずなのに、もどかしさがこみ上げてくる。

「沖田さん、俺は……」

沖田、沖田さん、あんたと短時間のうちにころころ呼び方が変わるあたり、自分でも相当取り乱していると思う。

呼び方などこの際どうでもいい。大切なのは、伝えることだ。

この期に及んですがろうとしている自分がみっともなく思えても、止められなかった。

「好きなんだ。自分でもどうかしてると思うぐらい、あんたのことが好きなんだ。だけど、俺もあんたも男で、立場も違って——」

「だから、なんなんだ」

「……え……」

思ってもない言葉に、言いかけていた言葉が宙に浮く。

「なにか問題があるのか?」

「問題って……あんた、……」

「少しは俺の話も聞けよ。自分だけ言いたいことを言って勝手に帰るな」

笑いかけてきた沖田が脇《わき》に抱えていたジャケットを奪い、右手に提《さ》げていた鞄も取り上げる。

そのあいだ、唯はなすすべもなく突っ立っているだけだった。

「俺がおまえを好きになる可能性は考えなかったのか?」

「……なかった」

痺《しび》れたくちびるで呟くと、沖田が笑い出す。

なんだってこんなときに彼は笑い出すのだろう。そんなに可笑しいことを言っただろうか。

感覚のない右手を摑んで、指先にそっとくちづけられた。

「俺が言ったことをろくに覚えてないようだな。……おまえには参ってるよ、花岡。観覧車の中でそう言ったこと、もう忘れたのか？」

「あれは——、だって、あれは社交辞令だと思ってた。普通誰だってそう思う……」

「そうか、だったら俺の言い方が悪かったな。謝る」

謝ると口で言いつつも、眉をはね上げた彼の顔は唯の混乱を楽しんでいるふうだ。

「おまえは俺がこれまでに目にしてきた奴のなかじゃとびきりだ。だいたいな、なんとも思ってない男とセックスするほど俺は多情じゃない。花岡は好きでもない奴とできるのか？」

「……できない……」

「俺もそうだ。おまえだから抱きたかった」

間近で微笑んだ沖田に抱きすくめられても、唯はまだ茫然《ぼうぜん》としていた。

この男には驚かされてばかりだ。

あと何度、こんな感情を味わうのだろう。満たされているのに、どこか不安定で歯がゆい。

「怖いぐらいに頭が切れて、おまけに肝も据わってる。身元がばれても動じない度胸のよさには感服したよ。晩餐会のとき、スタッドボタンをうまくはめられないのを見て……あのときだな、おまえに欲情したのは」

きわどい言葉に耳朶《みみたぶ》が熱くなる。まともに沖田の顔が見られなかったが、低い声が鼓膜を震わせ、意識をそらそうにもできなかった。

「いつも冷静な顔をしているおまえを抱いたらどんな顔をするんだろう、どんな声をあげるのか、考え出したらおかしくなるかと思った。……かなり強引なやり方になったのは悪かったよ。だけど、実際に抱いたら想像以上だった。それでよけいに手放せなくなったと言ったら、笑うか?」

ゆるめていたネクタイに指がかかるのを、唯は黙って見ていた。笑うこともできない。この場にふさわしい言葉を必死に探しても、どこにも見あたらない。

「俺のものになれよ、花岡」

「……沖田」

腰を強く引き寄せられ、無防備な喉元をさらす唯に沖田が顔を近づけてくる。

抗《あらが》いたい気分と流れに任せてしまいたい気分とを天秤《てんびん》にかけて、釣り合いを取ろうとしても不可能だ。思い返してみれば、最初から天秤は傾いていたのだ。沖田恭一という男に。

からからに渇くくちびるをぎこちなく動かし、唯は言った。

「……抱いてくれよ」

「それでこそ花岡だな、決断力のよさはさすがだ」

張り詰めた空気をやわらげるような沖田の言葉に、ふたりして顔を見合わせて笑った。そして、どちらからともなくくちづけた。

今後仕事で一発大儲けしたとしても、プレジデンシャル・スイートに泊まることはそうないだろうと思う。ましてや、一緒にいるのが同性だなんて、いまこの場にあっても信じられなかった。

「風呂か、シャワー」

一日走り回っていたのだからせめて汗を流したかったのに、覆い被さる影はどこうともしない。彼の頭上に、目の痛くなるような細かな模様が見える。天蓋《てんがい》付きのベッドに横たわるのは、生まれて初めてだ。

「あとでな」

そう言って笑う沖田がのしかかってきて、ゆるく開いた胸元にキスを落とす。軽く音を立てて吸われる首筋に、ぞくぞくするような快感がまとわりつく。

以前とは違うその優しい感触に、唯はびくりと身体を引きつらせた。沖田に触れられる場所はどこも敏感になっている。

それが彼にはおもしろかったらしく、ネクタイをほどかれるあいだ、何度も喉元から鎖骨にかけてくちづけられた。

過去に一度、沖田としたときのことをはっきり覚えている。覚えているだけに、たやすく溺《おぼ》れてしまいそうなのが自分でも怖かった。

なにか喋っていないと、喘《あえ》いでしまいそうだ。必死に意識をスライドさせて、頬に触れる沖田の髪を掴んだ。

「……いつも、こうするのか」

「いつも?」

「女を抱くとき、とか」

「そんなこと聞いてどうするんだ」

くくっと笑い声に続いて、「おまえは?」と訊《き》かれた。

「……どう、かな。よく……覚えてない」

それはほんとうだ。いままで女性をどう抱いていたかなど、沖田とセックスしてからというものすっかり忘れてしまった。おまけに、丁寧な愛撫《あいぶ》には慣れていないからとまどう一方だ。

以前のときも、今夜も、沖田には迷いがない。唯が感じるところを探りあてようと、執拗《しつよう》に指やくちびるを押し当ててくる。

「……ん……っ」

硬い鎖骨に歯を立てられ、唯は危うく声をあげそうになった。尖《とが》らせた舌先がつぅっと斜めに走る骨を浮き立たせるようになぞり、咬《か》んでいく。

肌がざわめき、指の腹で軽く擦《こす》られる乳首がぷつんと尖っていく。その感覚もまた、沖田に植え付けられたものだ。

たまらない恥ずかしさを覚えて身体をよじったが、やっぱり無駄だった。前よりももっときつく吸われ、くすぐったいようなむず痒《がゆ》いような感覚が押し寄せてくる。

「次の……秘書、探すんだろう……」

快感に引きずり込まれるのをどうにか堪《こら》えようとして、唯は声を絞り出した。

好きだ、と言ったときに比べたら、いまのほうがもっと情けない。沖田に抱かれているだけで感じてしまい、触れられてもいないそこが熱くなっていくのが自分でもわかる。じかに触れたら、あえなく達してしまいそうだ。

「そうだな、まあ追々考える」

「……あと、かい、ぎ、来週の——会議は、……」

濡《ぬ》れた舌でちいさな粒をすくい上げ、こね回す沖田が口の端で笑い、「案外強情だな」と言う。

「秘書のことも会議のこともいまはどうだっていいだろう。俺はおまえの感じる声が聞きたいんだ。それ以外のことは喋るな」

「勝手なこと言うな、俺だって……、ぁ、……ッ！」

ぎゅっと乳首を爪先《つめさき》でひねられ、快感と痛みの狭間で唯はのけぞった。押し潰《つぶ》されたり、つままれたりするうちにこりっと芯《しん》が硬くなっていく乳首を愛撫され続け、沖田の髪を掴む手にも力がこもる。

「あ、……ぁ、ぁあ……」

「俺だって、の続きは？」

くぐもった声が聞こえる。充血したそこを歯の裏で扱《しご》かれ、舐《ねぶ》られながら、スラックスのジッパーを下ろした隙間《すきま》から手のひらが忍び込んでくる。

「……ん、……っ」

わざとなのだろう。ボクサーパンツを押し上げるほど硬くなったそこには触れず、沖田の指は臍《へそ》の周囲や腿《もも》のあたりをくすぐってくる。そうすることで、唯が耐えきれなくなるのを待ち構えているのだ。

「濡らすほど気持ちいいのか？」

先走りで湿った下着の縁に指をかけて、沖田が顔をのぞき込んでくる。その整った顔を睨み付けたが、くちびるからこぼれるのは自分でも恥ずかしくなるぐらいの熱い吐息だ。

「いつも落ち着いてるおまえのそういう声が聞けるなんて、役得だな。なあ、知ってるか？　おまえのここは、こうすると――」

「……く、……っ」

　性器の形に沿って、ゆっくりと揉《も》みしだかれる。二度三度繰り返されただけで息は乱れ、唯は無我夢中で沖田にしがみついた。

「……おかしく、なる……」

「そうか。だったらもっと声を聞かせてくれよ。……俺がしたくなるぐらいに」

　最後の言葉と一緒にボクサーパンツを脱がされ、じかに握られた。

「あ――、ッ……ぁ、あぁ、……っ」

　シャツも脱いでいない彼の肩に強く顔を押しつけたせいで、眼鏡の付け根が鼻にあたって痛い。

　俺がしたくなるぐらいに。

　沖田は傲慢《ごうまん》にもそう言い放ったが、さっきから腿のあたりに硬い感触を感じている。その重みと硬さ、熱を想像しただけで腰が揺れた。

「沖田……っ」

「いい声だ。もっと聞かせろ」

あやすように囁《ささや》かれるあいだも、くちゅくちゅとぬめった音が耳に響く。あふれ出す先走りを絡ませて、反り返ったペニスを包み込む沖田の息も荒い。

親指を先端に埋め込まれ、小刻みに揺すられる。巧みな指遣いが快感を塞《せ》き止める。息苦しさに喘ぎながらも、唯は沖田の頰を摑み、自分からくちづけた。

沖田もすぐに応えてくる。開いたくちびるのあいだからすべり込んでくる舌をきつく絡ませ、唾液《だえき》を交わし合った。

深いキスを交わしていると、なにもかもどうでもよくなってくる。とろけた意識の底のほうは火傷《やけど》するほど熱くなっていて、沖田を欲しがっている。

もっと沖田に触れたい。知りたい。全部が欲しい。とめどない欲求に焦燥感が募ってくる。

「は……っ……ぁ、っ……」

肺が焼け付くような感覚に、長くキスを続けていることもできない。苦しさのあまり、思わず彼の胸を突っぱねると、代わりに指が差し込まれた。

「ん、んっ」

「もっとおかしくなれ。おまえのその顔にそそられるんだ」

かりかりと上顎を引っかく仕草に、涙がにじんできた。自分だって触れないような場所を、他人で、男の沖田に蹂躙《じゅうりん》されるのがたまらなく気持ちよかった。

唾液をまぶした指がくちびるのラインをなぞり、もう一度侵入してくるのを狙って、軽く歯を立てた。

「こういうふうに舐めてほしいだろ？」

「……ん……」

ぼうっとした頭でこくりと頷くと、沖田は低く笑う。

「そういう顔は、俺だけの前にしとけよ」

腰骨を摑まれ、熱い呼気がかかる。焦らされるのが嫌で身体をよじらせると、逆に押さえ込まれた。

「早く……はやく、してくれよ……」

「生意気なこと言うな」

笑い声とともに、ふくれ上がる筋をぺろりと舐められた。

「……ッ……！」

声にならないほどの強烈な快感に、歯を食いしばった。重くしこる陰嚢《ふぐり》を揉みほぐされ、しゃぶられると、今度は声が止まらなくなった。

「あ、――ッ、ぁあ、……沖田……、っ……」

薄い上質のシーツを力一杯蹴《け》り、悶《もだ》えた。汗が全身に噴き出し、擦れる背中が熱い。

喉奥まで咥《くわ》え込まれ、歯の裏を使って扱かれる。ときどき、勢いあまった沖田の歯で嚙《か》まれるのがよけいに快感を煽るようだった。強く閉じた瞼の裏で、まぶしい火花が次々に散っていく。

指の痕が残るんじゃないかと思うぐらい、ぎっちりと握り込まれる。その指の強さが、沖田に抱かれているという事実を意識に色濃く刻んでくるのだ。

痛みにも似た快感の虜《とりこ》となって、唯は顔を歪《ゆが》ませる。眼鏡をかけたままでも、視界はとうにぼやけていた。

「い——、きそうだから、離せ……！」

懸命に頭を押し退《の》けようとした。だけど、離してもらえなかった。一層強く扱かれ、沖田に咥え込まれたまま、唯はぎりぎりとくちびるを嚙み締めて達してしまった。

「ん、……あっ、……あぁ……」

どくっ、と身体が波打つたび、意識が白くとけていく。身体中から力が抜け、やわらかなベッドにこのまま沈み込みそうだ。

「俺を置いて勝手にいくなよ」

「……お、……おまえが、……したんじゃないか……」

汗に濡れて張りつく髪の隙間《すきま》から見る沖田は、憎らしいほどに余裕のある顔をしている。それを見たらいてもたってもいられなくなり、唯は力の入らない身体をふらふらと起こす。

「花岡?」

どうしたんだ、と言いかけた男の襟首を摑んで引き倒し、唯は馬乗りになる。そして、鼻先が触れ合うほどの距離で囁いた。

「……あんたが、してくれたことをそっくりそのまましてやるよ」

沖田が目を瞠《みは》る。

「さっき言いかけた言葉の続き。……俺だって、したいと思ってたんだ。以前のときも、いまも、あんたに触れたくてたまらなかったんだよ」

途切れ途切れに言って、くちづけた。すぐに髪を摑まれ、荒々しくまさぐられる。

いまの沖田の顔が見られただけでもいい。男らしい相貌《そうぼう》に浮かんだ壮絶な色気は、胸を抉《えぐ》り、かきむしる。

受け身のままおとなしくしていられるか。欲情しているのはこっちだって同じだ。

焦れる指先でシャツを脱がし、ネクタイをむしり取った。

逞《たくま》しい胸筋、引き締まった平らな腹。順々に視線をずらし、均整の取れた身体つきにごくりと喉を鳴らす。いつもスーツで隠している内側に、思わず見とれた。同じ男の裸に昂《たか》ぶりを覚えるのがおかしいとは、もう思わなかった。

鍛え抜いた沖田の身体には隙というものが見あたらず、肌もなめらかだ。

ジッパーを下ろし、スラックスと一緒に下着を引き抜き、臍につくほど硬くそそり立つ沖田のそこに顔を寄せた。

「花岡……」

驚きと興奮入り混じる掠れ声が脳髄を痺れさせる。両手で摑んだペニスにくちびるを押し当て、軽く吸った。

このあいだ抱かれたときは、こうして間近で見ることもなかった。いま目にしている沖田のそこは、先端からとろりとしたしずくをあふれさせ、張り出した亀頭の色も濃くなっている。根元に張りつく硬い茂みを舌先でかきまわしてから、唯は喉を鳴らして沖田のそれを頰張った。

とたんに頭をぐっと押さえ込まれる。衝撃で咳《せ》き込みそうになるのを必死に耐えた。くびれをとくに念入りに舐め回し、輪っかにした指で何度も扱く。

浅ましくしゃぶる自分を、沖田は額に汗を散らして見ていた。自分がどんなふうに、彼に指を絡めているか、舌をくねらせているか。考えただけで感じてくる。

舌を丸めて先端をつつくと、口内で彼のものがぐっと硬度を増す。

乾いた熱を孕《はら》ませたきつい眼差しを見ているうちに、疼《うず》いてくる。

「――したい、もう、待てない」

口を離して彼にのしかかり、摑んだペニスを窄《すぼ》まりにあてた。だが、力ずくで引き剝《は》がされ、ベッドに横倒しにされた。

「無茶するなよ。いきなりしたら、おまえがつらい」

「でも、……」

跳ね起きようとしたのを背後から押さえつけられ、両足首をしっかりと押さえ込まれてしまう。

「いくらなんでも無理だ。痛めつけて喜ぶ趣味は俺にはないんだ」

「なに言ってんだよ、最初のときだって、――いきなり……、ぁっ……！」

押し広げられた尻《しり》の狭間《はざま》にぬめった舌があたり、唯は身体を引きつらせた。

ひくつくそこに、指が挿《はい》ってくる。人差し指だ。丸みのある先端と、硬い爪先が窮屈なアナルを丹念にほぐしていく。

「ん、――ッ」

ぴたりと指が止まった。それから、やんわりと擦るような動きに変わり、胸の奥深くに火を押し込まれたような錯覚に陥る。

広いベッドの上で四つん這《ば》いになり、高々と上げた腰を摑まれるという屈辱的なポーズに気を配る余裕もない。

「あ、あ……」

二本の指が出たり挿ったりするたびに内襞《うちひだ》がうごめき、とろとろにとけていく。かき回されるのにもひどく感じた。だけど、違う。ほんとうに欲しいのはこれじゃない。もっと熱があって、息が止まるほどに硬いそれを望み、唯はシーツに額を擦りつけ、懇願した。

「……っ……はやく、……」

求めたのは自分なのに、ぬるりと指が引き抜かれるや否や、引き留めてしまうように腰が動いてしまう。

身体を返され、覆い被さってくる沖田がぴたりと身体を重ねてくる。熱い体温が肌を伝わり、足の爪先まで痺れさせた。

ふと、沖田が微笑み、「眼鏡、かけたままだったか」と言ってフレームに手をかけてくる。

薄いガラスレンズが取り去られたとたん、ぼやける視界に沖田の顔が迫り、それまで意識していなかった羞恥心《しゅうちしん》がこみ上げてきた。

「沖田……」

「なんだ、いまさら恥ずかしいとでも言うのか」

「……違う……!」

深みのある声に、かっと頬が熱くなった。

いまさらやめてくれとは言えない。この自分が言うはずもない。だが、あられもない格好を見られるのが恥ずかしくてたまらないという気分は、ますますふくれ上がっていく。

「俺の肩にしっかり摑まっていろ」

言われたとおり、両腕を回してしがみついた。熱の塊《かたまり》をあてがわれ、息を大きく吸い込もうとした矢先に、少しずつねじ込まれていく。

「あっ……あっ……あぁっ」

狭いそこに、沖田は時間をかけて埋めていく。

「力を抜け」とか、「息を吐いてみろ」とか耳元でさまざまなことを言われたけれど、唯はなにひとつ聞いていなかった。理解することもできない。一度経験していても、受け入れる瞬間の途方もない圧迫感に、きつく閉じた瞼から涙があふれた。

汗ばんだ胸板を突っぱねた瞬間に、抱きつきたくなる。

「……痛いか?」

ようやくすべて収まったところで、沖田が頬に触れてきた。声にこもる気遣いに、唯は弱々しく首を振る。

「……大丈夫、だから、気にするな……」

少しでも沖田が動くと苦痛が走り、息を詰まらせる。だが、つながったままでいると、しだいに肌の裏側をざわめかせる刺激が湧き上がってくる。

その刺激はまたたく間に身体を覆い尽くし、唯の口を開かせた。

「……このまま、放っておかれるほうが、……いやだ」

嗄《しわが》れた声で頼み込むと沖田はちょっとだけ笑い、腰を摑んでくる。それが合図になった。

激しく揺さぶられ、快感が一気に鋭さを増す。

「ん、ん、……ぅ、っ……あ、ぁあっ」

敏感な場所を突き上げられ、ひっきりなしに喘いだ。

深々と食い込む男の指に引き裂かれるのは、薄い皮膚じゃなく、こころだ。

自分の意思とは無関係にこぼれる吐息が沖田を惹き付けるのだとはわからずに、深く息を吸い込んだ。なんとか苦しくない程度に酸素を取り込んだものの、今度は吐き出せなくなる。沖田に支配される身体が、呼吸の仕方を忘れてしまったかのようだった。

指や舌で潤み、とろけきった場所を、硬い熱が容赦なく抉っていく。ぐちゅりと粘った音と一緒に引き抜かれ、理性がばらばらに砕け散っていく。

沖田の硬さをリアルに感じるのは、引き抜かれ、また挿れられるときだった。きついそこをむりやりこじ開けられる感覚が強烈な快感を誘う。沖田の腹で擦れるペニスが再び硬くなり、物欲しげにしずくをあふれさせていた。

身体の奥深く、意識の底を揺るがすようななまめかしい熱に眩暈がしてくる。

「……すごく、いい、もっと……」

言ったとたん、根元まで押し込まれて気が狂いそうだ。

張り詰めたそこを沖田に嬲《なぶ》られ、神経が研ぎ澄まされていく。べたべたするのにも構わず触れてくる沖田の目も、熱に浮かされている。

大きくのけぞり、たくさんの酸素を吸い込もうと胸を波立たせるたびに抱きすくめられるから、よけいに息苦しさが募った。だが、唯は自分から沖田にしがみついた。

ぴたりと重なる肌と肌の狭間で激しく沸き立つ細胞を通い合わせられるのは、彼だけだ。ほかの誰にも感じられない欲情、沖田だけに抱く熱情を胸に刻んだら、うしろは振り返らない。

この先、どこに向かって駆け出すか。飽くなき好奇心を抱く自分がいちばんよく知っている。

「……なんでおまえは、そんなに色っぽい顔をするんだよ」

貫かれることで苛烈《かれつ》な快感に振り回され、唯はかすんでいく視界に沖田を映す。天井の模様はにじみ、渦を巻き、あざやかな軌跡を描く。もうよく見えない。はっきりしているのは沖田だけだ。

背中に回した指でいくつかの硬い骨を探り、溝に爪を立てた。沖田も笑いながら顔をしかめ、ますます深く、奥へと貫いてくる。

その骨の硬さは沖田恭一を支える信念で、唯が惹かれた男の美点――たぶん最初から三つめぐらいで、数えだしたらきりがない美点のひとつだ。

熱っぽくそう囁くと、耳朶を咬まれた。

「それじゃ、最初から順々に言ってくれ。俺の好きなおまえがなにを考えているのか、俺が理解できるように、全部」

唯はそうした。一本一本指を組み合わせてくる沖田に、胸を軋ませる想いが伝わるように。

だけど、あまりはっきりした声にはならなかった。いまは沖田の熱を貪《むさぼ》るほうが大事だったから、欲情に掠《かす》れた声は、重なるくちびるのあいだでとけて消えた。


「……この部屋、誰が掃除するんだ」

「ルームキーパーに決まってるだろう」

きっぱりとした男の口調は、いつもどおり傲然《ごうぜん》としたものだ。

二度寝たぐらいで、この男がそう簡単に態度を変えるはずがない。逞しい背中に軽くため息をついた。

彼の肩越しに広がる窓の外は、綺麗な藍色に染まっている。あと二時間もすれば夜が明け、いつもと変わらない毎日がやってくる。

バサリとシャツを振る音に首をねじると、ベッドのそばに立つ沖田が左腕を伸ばしている。対称的な肩胛骨《けんこうこつ》が盛り上がり、真ん中には深い溝がくっきり刻まれている。

つい数十分前に唯が指先で確かめた背中をふわりと隠す白い生地に、ああ惜しいなと意識の片隅で思う。できれば、もう少し見ていたかった。

残っている仕事を支配人室で片付けるという彼に、唯も起き出して帰ろうとしたのだが止められた。

「寝ていけよ。プレジデンシャル・スイートのベッドのよさを確かめるいい機会じゃないか。今日一日は特別におまえに貸し出してやる」

「……よく言うよ」

ふてくされて仰向けになり、まだぼんやりしている目をこすった。抱かれている最中に取り上げられた眼鏡は、すぐそばのナイトテーブルに置かれている。

ベッドのよさだったら、さっき散々思い知らされたばかりだ。広さは申し分なし、スプリングも効いている。それなりの体格をしている彼と自分で確かめたのだから、と考えると、苦笑いしか出てこない。

ネクタイを締めながら沖田がベッドの端に腰掛ける。いちいち鏡を見なくても綺麗な形に結べるのが少し妬《ねた》ましく思えて、目を細めた。

「これをかけてないとほとんど見えないのか？」

沖田は眼鏡を取り上げてしげしげと見つめている。

「視力、いくつなんだ」

「〇・三……いや、もうちょっと悪かったかな。最近測ってないからよくわからない。普段はコンタクトなんだ」

「じゃ、これは真面目に見せるための小道具だったのか？」

眼鏡の蔓《つる》を持ってレンズの向こうがぶれて見える景色に沖田が笑い、唯も笑い返した。

「そんなところ」

「風呂に入るときとか、よく見えなくて不便だろ。あとほら、熱い飲み物の湯気で曇るじゃないか」

「もう慣れたよ」

気怠《けだる》さが残るなか、他愛ない言葉を交わせるのが妙に心地よく、どうしたって笑い混じりになる。

「似合うか？」

眼鏡をかけた男が振り返り、つい噴き出してしまった。男っぽい風貌に、メタルフレームの眼鏡が意外と似合っている。

「似合う似合う」

「……よく見えん。ほんとにきついな、このレンズ」

長い中指で眼鏡を押し上げ、沖田が顔をしかめる。

ふとした仕草に、ひどくこころを揺さぶられる。たぶん、そうと気づいた瞬間に恋は始まるのだろう。

ほんの二、三か月前まで他人同然だった彼がこのとき、とても近く感じられて、唯はずきりと胸を疼かせる衝動に任せ、ネクタイを摑んで引き寄せた。

驚いた顔にくちづけて、それからもう一度。

ややあってから沖田も口元に笑みを浮かべ、くちびるを重ねてくる。

軽く触れるだけのキスを繰り返すたび、自分の眼鏡が頰をかすめていくのが可笑しかった。

恋人めいたキスはこれが初めてで、陶然とした気分が胸に満ちていく。

「好きなんだ。俺のそばにいてくれ」

耳朶を咬むようにして囁かれた言葉に、ちいさく頷く。

普段は厳しさを感じさせる顔も声も、こんなときには甘く穏やかだ。

こころを許した相手には、沖田も優しくなるらしい。七つ上の男が持つ鷹揚《おうよう》さに惹かれ、唯は黙って彼の胸に頭をもたせかけた。

面と向かって言われたら照れくささのあまり裸足《はだし》で逃げ出したくなる約束だが、いまならおとなしく、ちょっとだけ、寄りかかってもいい。

髪を梳《す》かれ、頬に、瞼に、ゆっくりと優しい熱がちりばめられるいまなら。

「……いるよ」

ぽそりと呟くと、「そうか」と間近で沖田が微笑む。

「それじゃ秘書の件だが——、次が見つかるまでおまえがやれ」

「俺が？」

いきなり現実に引き戻されて、声がひっくり返ってしまった。

ばさばさになった髪を撫《な》でつけている沖田はとうに眼鏡をはずし、唯の困惑をものともせずに、「そうだ」と頷く。

「加藤がいなくなっておまえまでいなくなったら、俺はどうすればいいんだ」

「そんなのは知るか、それはあんたの都合だろう。俺にだって仕事が」

「だからこうして頭を下げて頼んでるんだろう。やってくれ。それに、おまえが提出した契約書はまだ生きてるんだぞ」

首をちょっと斜めに傾《かし》げただけで頭を下げたことになるのだったら、日本古来から伝わる礼儀は根本から崩れる。彼が言っているのは、ここに来た当初交わした雇用契約書のことだろう。たったいま、甘くくちづけていたことがまるで冗談に思えてきた。

「俺のそばにいてくれって、そういう意味かよ」

「なんでそう悪く取るんだ。素直じゃないな。俺の真情を疑う気か?」

「なにが真情だ。勝手にほざいてろ!」

そもそも、沖田には秘書など必要ない。彼ひとりで仕事をこなす能力は十分にあるのだ。

それに、こういう男はつけ上がらせるときりがない。憤然とした口調でそう言ってやった。

すると、沖田はわざとらしく肩をすくめる。

「……おまえが礼儀を口うるさく言える立場か。だいたいな、俺のほうが年上だって知ってたか?」

「仕事の場じゃちゃんとしていたじゃないか。文句を言われる筋合いはない」

「偉そうに言うな。支配人だの沖田だの沖田さんだのあんただの、その都度適当な呼び方をされる身にもなってみろよ。おまえが普段いる世界じゃどうだか知らないが、ホテル業界は上下関係にやかましいことで知られているんだ。郷に入れば郷に従えというだろう」

「なにつまらないことを言ってるんだよ。どう呼ばれようと気にするたちじゃないだろう?」

我慢できずに噴き出すと、沖田もつられて笑う。

「まあいい、呼び方はそのうちどれかひとつに絞ってくれ」

シャツの腕をまくり、すっかり着替え終えた沖田が立ち上がりかける気配を察して、唯はため息をついた。

「わかったよ。……秘書の件も、了解。早めに次の奴を見つけろよ」

体よく使われているような気がしてならないが、まあいいかと思う。

彼と今後、どんなふうにつながっていくか。想像できるようでいて、細部を思い浮かべようとするとうまくいかない。

「……今度機会があったら、あんたに旨いエスプレッソを淹《い》れてやるよ」

「どうして」

奇妙な顔の沖田に、唯は苦笑する。きっと、エスプレッソの語源を知らないのだろう。

――いつか教えてやるよ。あんたにだけ、とっておきの情報だ。

いずれは唯もフリーライターという本業に戻り、沖田は現状を維持。クラヴィア横浜のトップとして走り続け、ゆくゆくは世界に名だたるホテルのひとつに押し上げていくのかもしれない。

だけど、それはまだ先のことだろう。少なくとも、右隣のシーツや枕に彼の温もりが残っているあいだは、根拠のない不安に怯える真似をしなくてもいい。

「なあ、花岡」

ギシリとベッドを軋ませて身体を寄せてきた沖田に頰をなぞられ、唯は眉をひそめ、大げさに身体をずらした。

さっきのキスはともかくとして、なぜだか彼の微笑みに奇異なものを感じたからだ。

この男がにやにや笑うときは、決まってよからぬことが起きる気がする。

「……あの写真では確かに結婚招待状をもらっただけだが、おまえはそれだけで俺を信用するのか?」

あの写真。加藤が提供してきた写真。

なにを言うのかと啞然《あぜん》とする唯に、沖田は笑う。

「外務省の奴がこのあいだの晩餐会にも来ていたこと、おまえも覚えているだろう? あの晩餐会の目的はなんだった?」

「次のワールドカップの……関係者を招いて……」

「そう、覚えがいい。記憶力がいいのは花岡の長所だったな。……だったら、あのとき、俺とあいつのあいだでなにか手渡していたことも覚えているはずだな。勘のいいおまえがあの場面を見逃したとは思えない」

「まさか」

舌がもつれた。大きく見開いた目に映るのは、自信みなぎる男の顔。

まさか、という言葉に続くのは、いつだって無難な予想を裏切り、とっておきの結末を導くものだ。

「俺は、クラヴィアを世界に送り出すためならなんでもすると言った男だぜ。ただ指をくわえて好機を待ってる馬鹿じゃない。狙ったチャンスはかならず自分のものにしてやる」

挑発めいた言葉が沖田らしい。

このホテルを世界的規模に広げていくという意思を持つなら、これぐらいの傲慢さは確かに必要なのだろう。

だが、土壇場で大逆転を喰らったような衝撃に襲われている唯に返せる言葉はなかった。彼と出会ってから、もう何度目の絶句なのか。数える気にもならない。彼らのあいだでやり取りされていたのが今度こそ金なのか、それとも別の重要な情報か。もしかしたら、唯をからかうためだけにハッタリをかましているのかもしれないが、確かめる気力も残っていなかった。

あのパーティが沖田にとっての好機だったとしたら、噂は噂に終わらず、唯の予想は真実を突いていたのだ。

肩を揺すって笑う男は胸ポケットから写真を取り出し、細かに引き裂いてぱっと散らす。

季節はずれの花びらがひらひらと散っているような光景に目を剝《む》く唯の頬に軽くくちづけてきて、沖田は立ち上がった。

「これでおまえも共犯だな」

「なに、言って……」

「追ってこいよ、唯。おまえには瞬発力があるんだろう？　持続力はたいしたことないがな」

ベッドの中でのことを暗にからかわれたと知り、最後の最後になってなんでもない調子で名前を呼ばれたことに気づいてどきりとした瞬間に、横顔で笑う沖田が部屋を出て行く。

けっして抗うことのできない強さと、同じ男に征服される悔しさ、強烈な快感が背中合わせにあることを知ってしまったならば、言うべき言葉はたったひとつしかないだろう。

「畜生……、あんたには負けたよ！」

顔を真っ赤にして思いきり枕を投げつけたが、もう遅い。ぶ厚い扉で閉ざされたベッドルームは怒り狂う唯ひとりを残し、静まり返る。

なんなんだ、あいつは。俺を騙《だま》したっていうのか。あいつにまつわる数々の噂、あれのいくつかはでまかせだったとしても、残るいくつかはほんとうなのか。どういうことなんだ。いったい、なにを考えているんだ、沖田は。

腹を立てる反面、——ああでも、おもしろくなってきたと痛快な気分がこみ上げてくる。

彼が唯になにかを認めたというならば、唯だってそうだ。計り知れぬ力を沖田に認め、見届けたいと思ったのだ。

怒りにすり替わってふつふつとこみ上げてくる笑いに任せ、唯はひとり声をあげて笑った。あんまりにも可笑しくて、しまいには腹がひくつき、涙までにじんだ。

あんなにも見事などんでん返しには、ついぞお目にかかったことがない。

――期待を裏切る。それが俺の信条だ。

いつかの沖田が不遜《ふそん》な笑みとともにそう言ったことをふいに思い出し、唯は顔をほころばせる。

そうだ、あの男にはいつも裏切られてばかりだ。それも毎回、思わず唸らされるほどあざやかな手口で。

彼の計画に荷担するかしないかはさておき、引力の法則にもたとえられる関係に陥ったら、あとはもう目を離さずに追いかけていくだけだ。

迎える明日が不透明だったとしても、たったいまは満たされている。

素肌にかかる毛布はやわらかいし、抱かれ、笑ったことで心地よい眠気もすぐそこまで訪れている。不満はひとつもなかった。

これから見るだろう夢だって、きっといいものに違いないと思えるのにはさすがに苦笑が浮かんだけれど。

沖田の温もりと匂いが残る枕を抱き締め、唯はひとつ息を吐いて瞼を閉じた。

完璧な結末とはこうあるべきだと微笑みながら。

あとがき

はじめまして。またはこんにちは、秀香穂里《しゅうかおり》と申します。

一度は泊まってみたいホテルって、ありませんか？

とびきりの調度品でそろえられた内装はもちろんのこと、滞在中、つきっきりで世話をしてくれる専用バトラーとメイドがウエルカムフラワーやフルーツを携えて完璧スマイルで現れ、ちょうどいい温度のジャクジーバスに浸かりながら窓の外に広がる夜景に目を細め、夜は本物の暖炉の前でうとうとし、心地よい眠りが訪れたらふかふかの羽毛布団にくるまって瞼を閉じるのオホホホ……というような、まるで夢のようなホテルとは少々違いますが、今回はその業界のお話でした。

夢を具現化したホテル、海外には実在します。日本のホテルでも素敵なところがいくつもありますが、白を基調としているアメリカンスタイルがほとんどなので、ちょっと画一的かもしれません。日本ならではの「お泊まり」を楽しむなら、京都をはじめとした古くからある都市の旅館のほうが情緒をたっぷり味わえますよね。

ヨーロッパ、それもイギリスにあるホテルはさすがに格式が高く、サービスが超一級ならば、ゲスト＝客に求める品格もそれなりに……というものらしく、あるホテルでは、いまでも「爵位がない客お断り」という暗黙のルールがあるそうです。王制、階級制が生き残っている国らしいお話ですよね。生粋の庶民であるわたしなんか、きっと鼻であしらわれるんだろうなー、と寂しく考えつつも、一度だけなら泊まってみたいなとたくさんの資料をひっくり返しながら、ぼんやり夢見てしまいました。

じつは、過去に一度だけプレジデンシャル・スイートルームに泊まったことがあるのです。数年前に遊びに行った香港でのこと。予約していたのは普通のスーペリアルームでしたが、その日偶然にもスイートが空いているとのことで、「料金の上乗せはなし、泊まっていいよ」と言われたんですね。そんなお誘い、断るはずがありません。

支配人みずから案内してくれたお部屋の扉は観音開き。それを開くとぴかぴかに磨いた大理石の床が延々と続き、両際を素晴らしい絵で飾っていました。突き当たりにはゆったりしたソファとテーブル、椅子を置いたリビングがあります。右手には、大きな冷蔵庫が据え付けられたキッチン。左手には、マホガニーでできた十二人掛けのテーブルが配置された会議室とサウナが二室、四人入ってもまだまだ余裕のありそうな円形のジャクジーバスがドカッと据えられたバスルーム、トイレも二室。

さらに凄まじいのがマスターベッドルームで、ぴしっとメーキングされたキングサイズのべッドが二台。枕元の小台には、新鮮な花々、おいしそうなチョコレートとちいさなクッキーを盛った銀のトレイ、水差しが置かれ、至れり尽くせり。

カーテンをザッと開くと、期待を裏切らぬ百万ドルの夜景が……ぱあああ。すでにこの時点で頭に血がのぼっていたわたしは、こっくりとした赤が美しい調度品でまとめられた室内を撮ることも忘れ、「わあいわあいスイートだスイートだスイートだ……」と理性もなにもかも吹っ飛ばして跳ね回っておりました。その時点でもう、スイートに泊まる資格がないと思うんですけど（人間レベルとして）、なにせはじめてのことだったので舞い上がっていたのです。

すると、十分後にもう一度支配人がやってきて、にこにこ笑いながら言ったのでした。

「ベッドルームとバスルームとリビング以外は使わないから閉めちゃうね」

ガシャガシャガシャ……と鍵の閉まる無情な音を耳にしながら、茫然と立ち尽くしたあの日のわたしに言ってやりたいです。浮かれる前に写真を撮っておけと。

わたしのスイート体験は、三分の一であっさり終了。翌日は予定どおりスーペリアルームに移り、百万ドルから六十万ドル近くに値が下がった夜景を眺めました。ちょっと涙目でした。

しょぼく終わってすみません。

この本に関わってくださった方々に、こころからお礼申し上げます。

とりわけ、挿絵を手がけてくださった高久尚子《たかくしょうこ》様。深みのある赤が印象的なカラーイラストを拝見したときの嬉しさは、もう言葉に表せません。不遜な性格がひと目で見てとれる沖田《おきた》と、几帳面そうな眼鏡が絶品の花岡《はなおか》を描いていただけて、嬉しくて嬉しくて何度も見入りました。お忙しいなか、ほんとうにありがとうございました。

担当の光廣様。今回もプロット段階から最後までほんとうにお世話になりました。原稿そのものはもちろんですが、毎回唸って唸りまくるタイトル付けでもご迷惑をおかけしました。今回提出したタイトル数は、十二本。次回はもう少しキリキリ決まるように精進いたします。

そして、この本を手に取ってくださった方と友だちへ。今回の舞台にした横浜は食べ物もおいしいし、買い物も楽しいし、好きな街のひとつなのです。インターコンチネンタル横浜すぐそばの観覧車は、一度乗ってみる価値ありです。かなり高いところまで上がるので、高所恐怖症の方にはちょっとつらいかもしれませんが……晴れた日の夕暮れに乗ると、遠くまで見渡せてほんとうに綺麗なんですよう。その雰囲気が、少しでも伝われば嬉しいです。

どうかこの感謝が、読んでくださった方に届きますように。お気が向かれましたら、ご意見、ご感想をぜひお聞かせくださいね。

それでは、またお会いできますように。

二〇〇四年四月　秀　香穂里

この本を読んでのご意見、ご感想を編集部までお寄せください。

《あて先》〒105－8055　東京都港区芝大門2－2－1　徳間書店　キャラ編集部気付
「秀香穂里先生」「高久尚子先生」係

■初出一覧
チェックインで幕はあがる……書き下ろし

Chara

チェックインで幕はあがる

2004年5月31日　初刷

著　者　秀　香穂里
発行者　市川英子
発行所　株式会社徳間書店
〒105-8055　東京都港区芝大門2-2-1
電話03-5403-4324（販売管理部）
03-5403-4348（編集部）
振替00140-0-44392

……………………【キャラ文庫】

印　刷　大日本印刷株式会社
製　本　株式会社宮本製本所
カバー・口絵　近代美術株式会社
デザイン　間中幸子・海老原秀幸

ISBN4-19-900307-X

キャラ文庫既刊

■秋月こお
［やってらんねェぜ！］全6巻
［セカンド・レボリューション］やってらんねェぜ！外伝
［アーバンナイト・クルーズ］やってらんねェぜ！外伝2
［酒と薔薇とジェラシーと］やってらんねェぜ！外伝3
［許せない男］やってらんねェぜ！外伝4　CUT　こいでみえこ
［王様な猫］
［王様な猫のしつけ方］王様な猫2
［王様な猫の陰謀と純愛］王様な猫3
［王様な猫と調教師］王様な猫4
［王様な猫の戴冠］王様な猫5　CUT　かすみ涼和
［王朝春宵ロマンセ］
［王朝夏曙ロマンセ］王朝春宵ロマンセ2
［王朝秋夜ロマンセ］王朝春宵ロマンセ3
［王朝冬陽ロマンセ］王朝春宵ロマンセ4　CUT　唯月 一
［要人警護］
［特命外交官］要人警護2　CUT　緋色れーいち

■洸
［緑の楽園の奥で］CUT　宗真仁子

■朝月美姫
［BAD BOYブルース］CUT　東城麻美
［俺たちのセカンド・シーズン］BAD BOYブルース2
［シャドー・シティ］CUT　ほたか乱
［ヴァージンな恋愛］CUT　極楽院櫻子
［厄介なDNA］CUT　高群 保
［お坊ちゃまは探偵志望］CUT　雁川せゆ

■五百香ノエル
［キリング・ビータ］
［偶像の資格］キリング・ビータ2
［暗黒の誕生］キリング・ビータ3
［静寂の暴走］キリング・ビータ4　CUT　麻々原絵里依
［幼馴染み冒険隊　デッド・スポット］CUT　みずき健
［GENE《ゲーン》］天使は裂かれる
［望郷天使］GENE2
［紅蓮の稲妻］GENE3
［宿命の血戦］GENE4
［この世の果て］GENE5
［愛の戦闘《たたかい》］GENE6
［螺旋運命］GENE7
［心の扉］GENE8
［天使はうまれる］GENE9　CUT　金ひかる

■斑鳩サハラ
［僕の銀狐］
［押したおされて］僕の銀狐2
［最強ラヴァーズ］僕の銀狐3
［狼と子羊］僕の銀狐4　CUT　越智千文
［月夜の恋奇譚］CUT　吹山りこ
［夏の感触］CUT　嶋田尚未
［秒殺LOVE］CUT　桃季さえ
［キス的恋愛事情］CUT　えとう綺羅
［今夜こそ逃げてやる！］CUT　こうじま奈月

■池戸裕子
［恋はシャッフル］CUT　雁川せゆ
［ロマンスのルール］
［告白のリミット］ロマンスのルール2
［優しさのプライド］ロマンスのルール3　CUT　ビリー高橋
［小さな花束を持って］CUT　金ひかる
［アニマル・スイッチ］CUT　夏乃あゆみ
［TROUBLE TRAP！］CUT　峰倉かずや
［いつだって大キライ］CUT　のもまりの
［ラブ・スタント］CUT　えとう綺羅
［課外授業のそのあとで］CUT　史堂 櫂
［恋のオプショナル・ツアー］CUT　明森びびか
［ひみつの媚薬］CUT　高群 保
［勝手にスクープ！］CUT　にゃおんたつね
［口説き上手の恋人］CUT　高久尚子
［KISSのシナリオ］CUT　宗真仁子
［社長秘書の昼と夜］CUT　果桃なばこ
［学者サマの弁明］CUT　やまかみ梨由

■緒方志乃
［甘え上手なエゴイスト］CUT　高久尚子
［ファイナル・チャンス！］CUT　北畠あけの
［二代目はライバル］CUT　須賀邦彦

■鹿住 槇
［優しい革命］CUT　橘 皆無
［いじっぱりトラブル］続・優しい革命　CUT　穂波ゆきね
［甘える覚悟］
［愛情シェイク］
［微熱ウォーズ］愛情シェイク2　CUT　高群 保
［泣きべそステップ］CUT　やまかみ梨由
［別嬪レイディ］CUT　大和名瀬
［恋するキューピッド］
［恋するサマータイム］恋するキューピッド2　CUT　明神 翼

キャラ文庫既刊

【可愛くない可愛いキミ】 CUT藤崎一也
【ゲームはおしまい!】 CUT宏橋昌水
【囚われた欲望】 CUT椎名咲月
【甘い断罪】 CUT不破慎理
【ただいま同居中!】
【ただいま恋愛中!】 ただいま同居中!2 CUT夏乃あゆみ
【お願いクッキー】 CUT北畠あけ乃
【独占禁止!?】 CUT宮城とおこ
【となりのベッドで眠らせて】 CUT椎名咲月
【君に抱かれて花になる】 CUT真生るいす

■かわいゆみこ
【Die Karte ―カルテ―】 CUTほたか乱

■川原つばさ
【泣かせてみたい①〜⑥】
【ブラザー・チャージ】 泣かせてみたいシリーズ CUT禾田みちる
【天使のアルファベット】 CUT極楽院櫻子
【プラトニック・ダンス】 全6巻 CUT沖麻実也

■神奈木智
【地球儀の庭】 CUTやまかみ梨由
【王様は、今日も不機嫌】 CUT雁川せゆ
【勝ち気な三日月】 CUT楠本こすり
【キスなんて、大嫌い】 CUT穂波ゆきね
【その指だけが知っている】
【左手は彼の夢をみる】 その指だけが知っている2 CUT小田切ほたる

【ダイヤモンドの条件】 CUT須賀邦彦
【シリウスの奇跡】 ダイヤモンドの条件2 CUT椎名咲月
【無口な情熱】

■高坂結城
【午前2時にみる夢】 CUT羽音こうき
【恋愛ルーレット】 CUT橘 皆無
【瞳のロマンチスト】 CUT穂波ゆきね
【エンジェリック・ラバー】 CUTみずき健
【微熱のノイズ】 CUT椎名咲月
【サムシング・ブルー】 CUT雁川せゆ
【好きとキライの法則】 CUT宏橋昌水

■剛しいら
【このままでいさせて】 CUT藤崎一也
【エンドマークじゃ終わらない】 CUT椎名咲月
【伝心ゲーム】 CUT依田沙江美
【追跡はワイルドに】 CUT緋色れーいち
【雛供養】 CUT須賀邦彦
【顔のない男】
【見知らぬ男】 顔のない男2 CUT北畠あけ乃

■ごとうしのぶ
【水に眠る月 ―夢見の章―】
【水に眠る月② ―霧雨の章―】 CUTLee
【水に眠る月③ ―黄昏の章―】 CUT高久尚子
【熱情】

■榊 花月
【午後の音楽室】 CUT依田沙江美
【白衣とダイヤモンド】 CUT明森びびか
【ロマンスは熱いうちに】 CUT夏乃あゆみ

【永遠のパズル】 CUT山田ユギ

■桜木知沙子
【ささやかなジェラシー】 CUTピリー高橋
【ご自慢のレシピ】 CUT椎名咲月
【となりの王子様】 CUT夢花 李
【金の鎖が支配する】 CUT清瀬のどか

■佐々木禎子
【ロッカールームでキスをして】 CUT高久尚子
【ナイトメア・ハンター】 CUTにゃおんたつね
【最低の恋人】 CUT蓮川 愛
【恋愛ナビゲーション】 CUT山守ナオコ
【したたかに純愛】 CUT不破慎理
【ニュースにならないキス】 CUT水名瀬雅良

■篠 稲穂
【ひそやかな激情】 CUT穂波ゆきね
【草食動物《ストイック》の憂鬱】 CUT宗真仁子
【禁欲的な僕の事情】 CUT桃季さえ
【熱視線】 CUT夏乃あゆみ
【Baby Love】 CUT宮城とおこ

■秀香穂里
【くちびるに銀の弾丸】 CUT祭河ななを

キャラ文庫既刊

[チェックインで幕はあがる] CUT高久尚子

■愁堂れな

[身勝手な狩人] CUT蓮川 愛

■菅野 彰

[毎日晴天!]

[子供は止まらない 毎日晴天!2]

[子供の言い分 毎日晴天!3]

[いそがないで。 毎日晴天!4]

[花屋の二階で 毎日晴天!5]

[子供たちの長い夜 毎日晴天!6]

[僕らがもう大人だとしても 毎日晴天!7]

[花屋の店先で 毎日晴天!8]

[君が幸いと呼ぶ時間 毎日晴天!9]

[明日晴れても 毎日晴天!10] CUT二宮悦巳

[野蛮人との恋愛]

[ひとでなしとの恋愛 野蛮人との恋愛2]

[ろくでなしとの恋愛 野蛮人との恋愛3] CUTやしきゆかり

■春原いずみ

[風のコラージュ] CUTやまかみ梨由

[緋色のフレイム] CUT果桃なばこ

[とけない魔法] CUTやまねあやの

[チェックメイトから始めよう] CUT椎名咲月

[白檀の甘い罠] CUT明森びびか

[氷点下の恋人] CUT片岡ケイコ

■染井吉乃

[嘘つきの恋]

[蜜月の条件 嘘つきの恋2]

[誘惑のおまじない 嘘つきの恋3] CUT宗真仁子

[サギヌマ薬局で…] CUTよしながふみ

[blue ～海より蒼い～] CUT夢花 李

[トライアングル・ゲーム] CUT嶋田尚未

[足長おじさんの手紙] CUT南かずか

[ハート・サウンド]

[ボディ・フリーク ハート・サウンド2]

[ラブ・ライズ ハート・サウンド3] CUT麻々原絵里依

■篁釉以子

[ヴァージン・ビート] CUTかすみ涼和

[ヴァニシング・フォーカス] CUT楠本こすり

[カクテルは甘く危険な香り] CUT雁川せゆ

[バックステージ・トラップ] CUT松本テマリ

[ドクターには逆らえない] CUTやまかみ梨由

[真夏の合格ライン]

[真冬のクライシス 真夏の合格ライン2] CUT明森びびか

[保健室で恋をしよう] CUT香雨

■月村 奎

[そして恋がはじまる] CUT夢花 李

[アプローチ] CUT夏乃あゆみ

■徳田央生

[会議は踊る!] CUTほたか乱

[ラ・ヴィ・アン・ローズ] CUT史堂 櫂

■灰原桐生

[僕はツイてない。] CUT史堂 櫂

■火崎 勇

[ウォータークラウン] CUT不破慎理

[EASYな微熱] CUT金ひかる

[永い言葉] CUT石田育絵

[恋愛発展途上] CUT蓮川 愛

[三度目のキス] CUT高久尚子

[ムーン・ガーデン] CUT須賀邦彦

[グッドラックはいらない!] CUT果桃なばこ

[マイフェア・ブライド] CUT雁川せゆ

[お手をどうぞ] CUT松本テマリ

[負けてたまるか!] CUT史堂 櫂

[ロジカルな恋愛] CUT山守ナオコ

[カラッポの卵] CUT明森びびか

[寡黙に愛して] CUT北畠あけ乃

[運命の猫] CUT片岡ケイコ

■ふゆの仁子

[メリーメイカーズ] CUT楠本こすり

[飛沫の鼓動《リズム》]

[飛沫の輪舞《ロンド》 飛沫の鼓動2]

[飛沫の円舞《ワルツ》 飛沫の鼓動3] CUT不破慎理

[太陽が満ちるとき] CUT高久尚子

[年下の男] CUT北畠あけの

キャラ文庫既刊

【Gのエクスタシー】 CUTやまねあやの
【ボディスペシャルNO.1】 CUTやしきゆかり
【恋愛戦略の定義】 CUT雪舟 薫
【フラワー・ステップ】 CUT夏乃あゆみ
【ソムリエのくちづけ】 CUT北畠あけ乃
【プライドの欲望】 CUT須賀邦彦

■穂宮みのり
【無敵の三原則】 CUT宗真仁子
【君だけのファインダー】 CUT円屋榎英

■前田 栄
【好奇心は猫をも殺す】 CUT高口里純

■松岡なつき
【声にならないカデンツァ】 CUTビリー高橋
【ブラックタイで革命を】
【ドレスシャツの野蛮人】ブラックタイで革命を2 CUT緋色れーいち
【センターコート】全3巻 CUT須賀邦彦
【旅行鞄をしまえる日】 CUT史堂 櫂
【GO WEST!】 CUTほたか乱
【NOと言えなくて】 CUT果桃なばこ
【WILD WIND】 CUT雪舟 薫
【FLESH & BLOOD①〜⑥】 CUT雪舟 薫

■真船るのあ
【オープン・セサミ】
【楽園にとどくまで】オープン・セサミ2
【やすらぎのマーメイド】オープン・セサミ3 CUT蓮川 愛
【思わせぶりな暴君】 CUT果桃なばこ
【恋と節約のススメ】 CUT橘 皆無
【眠れる館の佳人】 CUTにゃおんたつね

■水無月さらら
【素直でなんかいられない】 CUTかすみ涼和
【無敵のベビーフェイス】
【ファジーな人魚姫】私立海宝学園シリーズ2
【真珠姫ご乱心!】私立海宝学園シリーズ3 CUT吹山りこ
【お気に召すまで】 CUT北畠あけの
【永遠の7days】 CUT真生るいす
【視線のジレンマ】 CUT Lee
【恋愛小説家になれない】 CUT史堂 櫂
【バルコニーから飛び降りろ!】 CUT高塚カズイ

■望月広海
【あなたを知りたくて】 CUT藤崎一也
【君をつつむ光】 CUTビリー高橋
【気まぐれ猫の攻略法】 CUT宗真仁子

■桃さくら
【砂漠に落ちた一粒の砂】
【いつか砂漠に連れてって】砂漠に落ちた一粒の砂2 CUT吹山りこ
【ロマンチック・ダンディー】 CUTほたか乱
【南の島で恋をして】 CUT桃季さえ
【億万長者のユーウツ】 CUTえとう綺羅
【だから社内恋愛!】 CUT神崎貴至
【占いましょう】 CUT唯月 一
【宝石は微笑まない】 CUT香雨

■吉原理恵子
【二重螺旋】
【愛情鎖縛】二重螺旋2 CUT円陣闇丸

〈2004年5月27日現在〉

好評発売中

秀香穂里の本

【くちびるに銀の弾丸】

イラスト◆祭河ななを

ゲーム会社に勤める澤村《さわむら》は、自他共に認めるヤリ手広報。次の担当は、鳴り物入りで移籍してきた業界トップのディレクター・水《みず》嶋《しま》の新作だ。高いプライドと端整な美貌をもつ水嶋に、一目で興味をもった澤村。けれど彼はなぜか澤村にだけ冷たい。この男を組み敷いたら、どんな顔をするだろう…。澤村は好奇心から無理やり水嶋を抱いてしまう!!　ところが水嶋はその腕を拒まずに!?

投稿小説★大募集

『楽しい』『感動的な』『心に残る』『新しい』小説——

みなさんが本当に読みたいと思っているのは、どんな物語ですか？　みずみずしい感覚の小説をお待ちしています！

•応募きまり•

[応募資格]
商業誌に未発表のオリジナル作品であれば、制限はありません。他社でデビューしている方でもOKです。

[枚数／書式]
20字×20行で50〜100枚程度。手書きは不可です。原稿は全て縦書きにして下さい。また、800字前後の粗筋紹介をつけて下さい。

[注意]
①原稿はクリップなどで右上を綴じ、各ページに通し番号を入れて下さい。また、次の事柄を１枚目に明記して下さい。
（作品タイトル、総枚数、投稿日、ペンネーム、本名、住所、電話番号、職業・学校名、年齢、投稿・受賞歴）
②原稿は返却しませんので、必要な方はコピーをとって下さい。
③締め切りは特別に定めません。採用の方にのみ、原稿到着から３ヶ月以内に編集部から連絡させていただきます。また、有望な方には編集部からの講評をお送りします。
④選考についての電話でのお問い合わせは受け付けできませんので、ご遠慮下さい。

[あて先]　〒105-8055 東京都港区芝大門2-2-1
徳間書店 Chara編集部 投稿小説係

投稿イラスト★大募集

キャラ文庫を読んで、イメージが浮かんだシーンをイラストにしてお送り下さい。キャラ文庫、『Chara』『Chara Selection』『小説Chara』などで活躍してみませんか？

•応募きまり•

[応募資格]

応募資格はいっさい問いません。マンガ家&イラストレーターとしてデビューしている方でもOKです。

[枚数／内容]

①イラストの対象となる小説は『キャラ文庫』か『Chara、Chara Selection、小説Charaにこれまで掲載された小説』に限ります。既存のイラストの模写ではなく、あなたのオリジナルなイメージで仕上げて下さい。
②カラーイラスト1点、モノクロイラスト3点の合計4点。カラーは作品全体のイメージを。モノクロは背景やキャラクターの動きの分かるシーンを選ぶこと（裏にそのシーンのページ数を明記）。
③用紙サイズはA4以内。使用画材は自由。

[注意]

①カラーイラストの裏に、次の内容を明記して下さい。
(小説タイトル、投稿日、ペンネーム、本名、住所、電話番号、職業・学校名、年齢、投稿・受賞歴、返却の要・不要)
②原稿返却希望の方は、切手を貼った返却用封筒を同封して下さい。封筒のない原稿は編集部で処分します。返却は応募から1カ月前後。
③締め切りは特別に定めません。採用の方にのみ、編集部から連絡させていただきます。また、有望な方には編集部から講評をお送りします。選考結果の電話でのお問い合わせはご遠慮下さい。

[あて先]

〒105-8055 東京都港区芝大門2-2-1
徳間書店 Chara編集部 イラスト募集係